AF405078

N° 8

O. FR. 20

Collection des Romans Populaires

J. Rue Bayard Paris

LE CAPITAINE REX

Par ROGER DUGUET et GEORGES THIERRY

« Pleine mer, plein ciel. »
V. II.

PREMIÈRE PARTIE

LA FILLE DU ROI DES AIRS

I

PROMENADE MATINALE

Du haut des coteaux d'alentour, la vallée de Viroflay apparaissait verdoyante, pleine de lumière et d'ombres douces, de silence et de murmures.

Le soleil nageait dans un ciel pers et mouillé.

Là-bas, du bout de l'horizon, un express accourait, minuscule comme un jouet d'enfant, avec un bourdonnement d'abeille dans un rais du jour. Il semblait avancer par saccades, à chaque coup du piston, mécanique et raide, la cheminée haute, son panache de fumée traînant en arrière.

Un tonneau d'osier descendait à sa rencontre les dernières pentes ; la voie, les routes, les méandres des ruisseaux dessinaient tout alentour le plan à la fois bizarre et régulier d'une sorte d'immense parc anglais planté de bosquets et de villas.

Et ce n'était qu'une des innombrables vallées des bords de la Seine ; mais c'était l'éternel printemps, le doux printemps des feuilles après celui des fleurs. Tout était vert ; l'herbe et les arbres, les fonds bas du ciel et les reflets de l'eau vive ; et c'était pourtant une merveilleuse palette, allant du ruissellement argenté des têtes de saules renaissantes à l'ombre vivace des grands pins.

Aussi, malgré les préoccupations de cette année troublée, deux jeunes filles riaient dans la voiture, au matin clair et à la vie.

— Laissons souffler un peu le poney, Laura, dit l'une d'elles. Nous voici tout près, et nous aurons atteint le passage à niveau avant l'express. Nous serons à temps à la gare pour embrasser mon père.

Elle ajouta, quand la bête eut pris l'amble :

— Quelles nouvelles nous rapporte-t-il, mon Dieu ? J'ai hâte de le savoir, et c'est pourquoi j'ai fait atteler, au reçu de sa dépêche, sans qu'il me l'eût demandé.

Un nuage avait assombri sa gaieté ; sa compagne, soucieuse aussi, ne répondait pas.

— Pauvre cher père, reprit la jeune fille... C'est qu'il la souhaite, lui, cette guerre affreuse dont on parle depuis si longtemps. Il la veut. Il la déclarerait s'il le pouvait.... Il me le disait hier encore, avant de partir aux informations. Il croit le moment venu de mettre un terme à l'insolence de nos ennemis et de venger tant d'affronts.

Une flamme d'orgueil, à la dérobée, illuminait son visage.

Laura dit :

— N'est-il pas le Maître de l'air, Mademoiselle Reine ? N'est-il pas sûr de la victoire ?

Elles se turent à nouveau, le front chargé de trop de pensées dans l'air lumineux et léger. Derrière un rideau de hêtres, le train de chemin de fer, invisible à présent, se rapprochait en grondant.

Le poney levait les oreilles.

— Hop ! commanda Reine Aglarès..... Voici qu'on va fermer les barrières

« La guerre ! la victoire ! la maîtrise des airs ! » Ces mots, trop formidables pour leur bouche heureuse, continuaient cependant de remplir leur pensée. Toute leur vie tenait dans ces mots-là.

Car l'aéroplane du colonel Dominique Aglarès était un merveilleux engin. Le glorieux soldat lui avait consacré trente ans de sa vie, et il était sûr du succès. Mais depuis qu'il avait quitté l'armée, le « Maître des airs », comme l'appelaient orgueilleusement les revues savantes, n'avait plus de situation officielle. Peut-être n'aurait-il travaillé, en cas de conflit, que pour armer un corsaire, si le gouvernement s'obstinait au dernier moment à repousser son concours.

L'ennemi avait aussi ses dirigeables.

Contre eux, il aurait fallu toute une flottille de nouveaux appareils; et, depuis longtemps déjà, le génial inventeur était à bout de ressources.

Il était parti solliciter l'aide des pouvoirs publics et n'était pas sûr de l'obtenir.

— Le roi des airs sera maître aussi de la terre, dit sentencieusement Reine Aglarès, afin d'échapper à ces doutes pénibles ; mais qui combattra sur mer l'effort de la coalition ? Ses flottes sont maîtresses de l'océan. Il nous faudrait aussi un roi des flots.

A ce moment, un long et brusque appel de corne retentit derrière elles sur la route. Les deux jeunes filles se retournèrent d'un seul mouvement, et leurs regards, en se croisant, surprirent chez toutes deux un même éclair.

Une subite rougeur colora leurs joues :

— L'automobile ! dit Laura..... C'est l'automobile de M. Daniel Conty !

Mais elles n'eurent le temps ni de s'expliquer leur émotion ni de savourer leur désillusion. Déjà l'automobile avait passé comme la foudre, multipliant ses coups de trompe éclatants dans un nuage de poussière, de fumée, de vapeurs malodorantes.

Ce n'était pas Daniel Conty !

Le jeune officier de marine, en congé chez sa mère, à la *Reverdie*, ne passait point à cette allure près de la fille du roi des airs. Bien que Mme Elise Conty n'entretînt point de relations mondaines avec le colonel, et qu'une longue hostilité semblât fermer l'une à l'autre sa maison et la villa *des Glaïeuls*, les jeunes gens se rencontraient souvent sans malveillance. L'on n'échangeait guère que de banales politesses : pourtant la cordialité des saluts, la nuance des sourires présageaient tout au moins une sympathie inexplicable et profonde.

Daniel Conty était ingénieur aussi. Dans sa maison de campagne, close aux curieux, au fond d'un mystérieux hangar dont on se montrait les toitures par-dessous les murs de *la Reverdie*, il travaillait, disait-on, à un puissant sous-marin auquel s'intéressait l'état-major. Mais ses recherches n'avaient pas été couronnées, jusqu'à présent, d'un succès aussi éclatant que celui du roi des airs : et Reine Aglarès voyait dans cet effort moins une rivalité à l'égard de son père qu'une noble émulation, une sorte de discret hommage qui avait forcé d'abord son attention, puis incliné son cœur vers ce grand jeune homme, toujours correct, distrait et un peu froid, sauf avec elle.

Jamais, du reste, il n'y avait eu lieu à une explication entre elle et son père, au sujet de l'officier. Il ne s'agissait guère que d'une de ces sympathies de rencontre, à peine avouées de part et d'autre, que les hasards de la vie nouent et dénouent au courant des jours.

Seulement, Yves Guilieu, le conducteur de la 356-B-6, ne manquait jamais de ralentir la vitesse de sa machine lorsqu'il croisait le tonneau d'osier *des Glaïeuls*, et tandis que son maître saluait Reine Aglarès du regard et des lèvres, il échangeait lui-même avec Laura un sourire amical, heureux de cette rencontre que le hasard semblait multiplier chaque jour à plaisir.

Est-ce le dépit, est-ce la surprise qui fit tout à coup lâcher les rênes de son poney à la fille du roi des airs, au passage de cette autre auto brutale et discourtoise ?

— C'est la voiture du major Hans Staub ! avait reconnu Laura tout à coup.

— Le sol ! s'était écriée Reine, debout dans son tonneau. Fait-il exprès d'effrayer Ténor avec ses beuglements de trompe enragée ?

Le poney, en effet, souffleté par le coup d'aile du vent soulevé par ce bolide, se dressait debout entre les brancards de la légère voiture, puis, d'un furieux élan, se ruait en avant dans une course folle.

En quelques minutes, il arrivait au passage à niveau. A huit cents mètres, l'express accourait en grondant.

Derrière l'automobile hurlante, la garde-barrière s'apprêtait à pousser les portes.

Elle entendit le cri d'effroi des jeunes filles, soudain affolées au milieu de leur babil et de la paix souriante de la vallée.

La bonne femme hésita, brandit son drapeau rouge, commença de rouler brusquement la grille, la repoussa tout à coup, de peur que le poney, dans sa course aveugle, ne vînt se briser contre cet obstacle : la voiture était au milieu de la voie, et soudain la bête s'abattit !

Les guides à l'abandon s'étaient enroulées dans les jambes de Ténor. Il avait trébuché. Le tonneau renversé roula sur les rails.

Un coup de sifflet strident déchira l'air, et le panache de fumée de l'express apparut en même temps entre les hêtres. Reine Aglarès était perdue ! Mais un cri partit des talus voisins.

— Yves, à la voiture !

Et Daniel Conty, sautant un remblai, parut sur la voie. Un coup d'œil, et il avait jugé la situation. Avant que les jeunes filles fussent dégagées, l'express aurait passé, broyant tout, semant l'épouvante et la mort.

Le jeune homme regarda du côté du

danger, et, sans une hésitation, commença de marcher à sa rencontre, les bras étendus en un signal muet et désespéré. Pas un pli de son visage n'avait bougé, et seule une atroce angoisse emplissait ses yeux : car l'effort suprême n'était point pour lui d'affronter la mort, c'était de ne pas retourner la tête vers le sauvetage qu'il tentait d'assurer au péril de sa vie.

Blond, élancé, les yeux bleus, la face lisse et rose, Daniel Conty avait l'allure à la fois jeune et un peu roide d'un marin anglais : et il exagérait volontiers, aux heures de péril, ce flegme extérieur dont il se faisait un masque de sang-froid. Une volonté de fer commandait alors à tous ses muscles et lui aurait fait braver tous les orages.

Il fixait obstinément la machine grondante et fumante, qui avait surgi des derniers massifs et qui grandissait, grossissait, fonçait sur lui comme un monstre en fureur, prêt à le réduire sous sa masse en poudre sanglante.

Sur la machine, le mécanicien s'apprêtait à l'arrêt prochain et cherchait du poing les manettes. Le chauffeur surveillait le disque et les signaux de la voie. Ni l'un ni l'autre ne voyait à l'avant. Pas un cri n'aurait pu percer le fracas du convoi.

Daniel Conty, toujours debout sur le ballast, à cent pas de l'accident, allait disparaître sous l'avant de la formidable locomotive, qui n'était plus le jouet riant de tout à l'heure courant pour l'agrément des yeux à travers un parc enchanté, mais bien le plus formidable dragon de fer et de feu, menaçant d'engouffrer l'imprudent officier qui prétendait opposer une poitrine de chair à sa course impitoyable.

Daniel sentit soudain sur lui l'ombre noire de la cheminée colossale et le souffle du monstre ; le fracas du train l'étourdit. Malgré sa folle bravoure, il ferma les yeux, gardant seulement au fond de ses prunelles la vision de cauchemar d'un écroulement subit de fer, de vapeur et de cuivre ; la hantise des deux disques luisants, des tampons qui l'allaient heurter, de la lanterne rouge étincelante, contre laquelle allait éclater sa tête.

Mais, à ce moment même, le chauffeur venait d'apercevoir la voiture renversée sur la voie ; il sauta sur les freins.

Un grincement terrible secoua le convoi. Les wagons, lancés à toute vitesse, se soulevaient les uns contre les autres et retombaient sur les rails avec un bruit terrible. Les roues glissèrent au lieu de rouler sur l'acier. Des compartiments sortirent les clameurs des voyageurs renversés les uns sur les autres. La vapeur déchirait l'air de sifflements suraigus, et, bon gré mal gré, l'express, poussé par une force irrésistible, avançait encore, par delà le dernier cri de détresse de Daniel Conty, vers le passage où les jeunes filles, prises sous les débris de leur voiture, gisaient toujours et se voilaient les yeux d'épouvante en murmurant :

— Mon Dieu !... Mon Dieu !...

II

L'ULTIMATUM

Dans un compartiment de première classe, ce brusque arrêt de l'express interrompait une conversation presque aussi tragique que le drame brutal qui se déroulait sur la voie.

Quand le colonel Dominique Aglarès était en effet descendu la veille à la gare des Invalides, il avait trouvé Paris en pleine effervescence. Ce qui n'était encore, dans la paix profonde des campagnes, qu'une angoisse sourde et une rumeur commençante remplissait la capitale d'une agitation indescriptible.

La gare était envahie par les soldats, que déversaient à flots les trains de province. Toute l'esplanade, le pont Alexandre et jusqu'aux Champs-Elysées étaient transformés en un vaste campement. Les batteries s'alignaient sur les rives du fleuve, et des artilleurs achevaient partout leur rapide repas sur l'affût des canons.

Des chevaux piaffaient, attachés aux arbres des avenues. Les voitures, les tramways avaient peine à circuler. La Seine elle-même charriait des convois militaires.

Ce n'étaient que rappels, ordres soudains, coups de clairons, roulements de tambours.

Les rares passants, rejetés sur les trottoirs, circulaient muets et hâtifs ; et la vie de la capitale semblait s'être concentrée tout entière sur les boulevards. Là, comme aux grands jours de fête, la foule affluait, avide de nouvelles. Les terrasses étaient noires de monde. On n'y buvait guère ; on discutait. Des gens qui ne s'étaient jamais vus faisaient subitement connaissance et s'épanchaient longuement. Une rumeur tragique emplissait la ville. Un souffle d'angoisse passait sur les fronts.

De temps à autre, devant l'hôtel des grands quotidiens, un remous de clameurs et d'anxiété agitait la multitude. Sur d'immenses écrans, les dépêches se succédaient en lettres de feu :

MIDI. — *La flotte russe et la flotte allemande ont fait leur jonction hier à Kiel. La flotte anglaise est toujours en rade de Portsmouth.*

1 HEURE. — *On annonce l'arrivée à Paris de*

LL. MM. Alphonse XVI, roi d'Espagne, et Victor-Emmanuel VII, roi d'Italie, qui confèrent avec le président de la République.

1 h. 1/2. — Les États confédérés du Nord : Russie, Allemagne, Angleterre) ont envoyé leur ultimatum.

2 HEURES. — D'importants mouvements de troupes sont signalés par la télégraphie sans fil sur la frontière des Vosges. Le ballon militaire Julliot a pu se rendre compte des opérations.

2 h. 1/2. — Les termes de l'ultimatum sont publiés. Les États confédérés du Nord demandent la disjonction des flottes alliées, française, italienne et espagnole. Le Conseil des ministres délibère avec les représentants des puissances amies.

8 HEURES. — L'ordre de mobilisation est prêt à être lancé dans toute la France et dans les pays alliés.

9 HEURES. — L'ultimatum est repoussé. C'est à brève échéance la guerre inévitable.

Quand ce dernier télégramme eut enfin paru, il y eut dans la foule un long cri, qui monta, grandit, s'enfla, remplit les rues : un cri de stupeur, de colère, puis d'enthousiasme et d'héroïsme. Des clairons sonnèrent, des drapeaux claquèrent partout au vent. L'effroi se dissipait pour faire place aux grandes résolutions, et l'âme de la France s'éveillait enfin de sa longue torpeur.

L'attente du danger avait trop énervé les courages : il était temps de se ressaisir. Paris illumina. On but, on chanta le long des boulevards. Aux carrefours, quand passait un régiment, musique en tête, sous les feux blancs des lampes électriques, ce furent d'interminables ovations.

Quelques énergumènes de l'antimilitarisme essayèrent bien, ici et là, de manifester à contre-sens ; ils furent presque écharpés. La police débordée les défendait mal. La patrie arrachait de son propre sein cette lèpre peureuse, et, confiante dans la force de ses armes et dans la virilité de ses fils, s'apprêtait au combat.

Il fallait vaincre ou mourir.

Les alliances à courte portée, conclues au début du XXᵉ siècle selon les besoins et les dangers du moment, étaient depuis longtemps brisées ; et les véritables et grands intérêts en lutte, au sein de la civilisation européenne, avaient remanié profondément vers 1950 les anciennes combinaisons diplomatiques. Le Nord toujours envahissant, les brutalités du génie saxon avaient peu à peu contraint les trois antiques sœurs latines à la défense essentielle de leurs traditions catholiques. La France, échappée au joug jacobin, délivrée des factions ; l'Espagne, l'Italie, après de justes satisfactions à la papauté, étaient enfin décidées à se donner la main pour barrer la route à l'impérialisme protestant.

Et la crise éclatait, à la fois soudaine et prévue, au printemps de 1950, pour le rétablissement nécessaire d'un nouvel équilibre.

— J'arrive à temps ! songeait le colonel Aglarès.

Il avait eu mille peines à fendre la presse et à parvenir jusqu'au ministère de la rue Saint-Dominique, où on lui avait promis audience.

Le ministre de la Guerre était à la présidence. Ce fut un chef de bureau qui reçut le colonel et lui transmit la sèche réponse officielle :

— Voir le major Hans Staub.

Dominique Aglarès se mit immédiatement à la recherche de ce dernier, qu'il comptait parmi ses obligés et ses amis.

Il y avait quelque dix ans, en effet, le colonel Aglarès était directeur du parc central aérostatique, le parc des Coteaux : et déjà, en France et à l'étranger, on le regardait comme l'une des gloires de la navigation aérienne. Non qu'il eût beaucoup innové dans cet art, où les Santos-Dumont, les Julliot, les Malécot, les Farman, les Delagrange avaient brillé avant lui ; mais il avait apporté à la forme des ballons, à leur stabilité, des perfectionnements constants et sûrs. Il avait découvert surtout ce fameux « gaz d'éther », dont la puissance avait fait abandonner bien vite l'emploi des autres alcaloïdes.

C'est alors qu'était arrivé en France le major Hans Staub. Celui-ci était ingénieur en chef de la Motorluftschiff-Studien-Gesellschaft, l'École centrale des aérostiers de Berlin. L'Allemagne entière fondait sur lui les plus grandes espérances. Il prétendait rattraper l'avance qu'avait prise la navigation aérienne française, lorsqu'il tomba tout à coup en disgrâce.

Quelqu'un avait osé l'accuser de malversations, d'incapacité. Les débats devant le Conseil de discipline nommé par l'empereur furent longs et obscurs ; le major avait, dit-on, juré de se venger. Il parvint à échapper à la justice militaire et déserta. Arguant de son origine alsacienne, il s'était mis au service de la France, « sa vraie et meilleure patrie », découvrait-il soudain.

Naturellement, la presse parisienne l'avait accueilli avec éclat ; elle l'érigea vite en victime et en martyr de la tyrannie prussienne, sans vouloir rien entendre à sa véritable nationalité juive, la race éternelle des Judas salariés. Ce traître, échappé des ghettos de Strasbourg, fut sacré deux fois Français.

Le colonel Aglarès avait été chargé d'examiner les renseignements que le major apportait d'Allemagne. Ses indications semblèrent sérieuses. Comme par hasard, Berlin renouvela tout entière, quelques mois plus tard, sa flottille de dirigeables ; mais pouvait-on en faire un grief au transfuge ?

De son côté, le colonel éprouvait les plus vives répugnances à mettre la main dans ces affaires de trahison, que rien ne justifiait à ses yeux :

— Il faut bien quitter, disait-il, ceux qui nous abandonnent ; on ne vend jamais ceux qu'on a servis !

Contraint par ordre supérieur d'accepter la situation, il sut pourtant y mettre son habituelle courtoisie ; et il faut croire que, de la part d'un tel homme, il suffisait au major d'être toléré. Leurs relations furent suivies.

Le retour de fortune qui atteignit à son tour Dominique Aglarès parut même attester la fidélité du major Hans Staub.

Une perfide campagne de presse avait acculé le colonel à sa démission ; le ministre l'avait d'abord refusée ; mais à la suite d'une violente interpellation, au cours de laquelle l'orateur, singulièrement documenté, avait révélé la plupart de nos secrets, le directeur du parc aérostatique s'était à nouveau rendu rue Saint-Dominique. Il exigeait qu'on ouvrît une enquête au sujet de la divulgation de renseignements intéressant la défense nationale. Le lendemain, le *Journal Officiel* publiait sa mise en disponibilité.

Dominique Aglarès prit dignement, sans éclat, sa retraite à Viroflay. Plus libre, il poursuivit ses savantes recherches, et une autre gloire, plus haute, couronna sa carrière. Son aéroplane était bien le roi de l'aviation contemporaine.

Mais ce vaillant soldat était aussi modeste que tenace. Le succès ne l'avait point enorgueilli. Que lui importait l'unanime applaudissement de ses concitoyens, sa réputation universelle? Apothéoses de presse, gloire de papier ! Ce qu'il voulait avant tout, c'était servir.

Il n'avait rien fait pour reconquérir durant la paix les faveurs officielles ; il venait, sans rancune, s'offrir à l'heure du péril.

Il savait qu'une unité, si puissante soit-elle, reste toujours à la merci d'un accident, et, pour la construction d'une dizaine d'appareils semblables au sien, le gouvernement seul disposait de ressources suffisantes. Les plans étaient prêts. La maison Servez et Cⁱᵉ n'attendait qu'un ordre pour mettre en chantier la commande, et le recours à Hans Staub n'était point de mauvais augure.

Le major n'avait pas cessé de cultiver dans sa retraite le maître des *Glaïeuls* ; et celui-ci n'avait pas été loin de se laisser toucher parfois à la constance de cette gratitude.

Certaines insistances lui avaient bien été odieuses ; et surtout certains empressements auprès de sa fille, en lui rendant compte peut-être de cette passion d'amitié, lui avaient déplu. Hans Staub était lourd ; âgé déjà ; sa religion, son sang, son passé, lui interdisaient toute prétention à la main de cette chrétienne jeune et vaillante. Mais le colonel savait du moins gré au major de ne jamais avoir formulé de pénibles espérances. La discrétion du prétendant lui avait fait gagner davantage dans l'esprit du père que ses admirations, ses éloges, son intérêt croissant pour les travaux de l'inventeur.

— Si le succès dépend de Staub, pensait Dominique Aglarès, tout est sauvé. C'est un traître à son pays. Mais la France du moins en profite.

Le colonel trouva son successeur au parc des Coteaux où l'accueillirent force démonstrations :

— J'ai reçu, en effet, déclarait le major, ordre d'examiner d'urgence votre aéroplane et d'adresser un rapport tendant à faire classer l'appareil. Je pourrais l'écrire de confiance, et vous êtes sûr à l'avance, mon cher colonel, de mon opinion. Toutefois, la consigne est la consigne. Je connais votre aéroplane, je ne l'ai jamais vu fonctionner.

La confiance d'Aglarès n'avait pas été jusque-là.

— Afin de ne point mentir en certifiant *de visu* le parfait fonctionnement, reprit le transfuge avec un rire épais qui visait à la bonhomie, allons donc aux *Glaïeuls*... Seulement, l'ordre de mobilisation est suspendu sur nos têtes. Toute notre flottille de dirigeables est parée à prendre le large ; je ne dispose que de quelques heures. Hâtons-nous.

Le matin était déjà venu. Aglarès avait télégraphié à sa fille, sans autre commentaire, l'heure de son retour. Staub, qui avait aussi à Viroflay sa maison de campagne, transmit à son chauffeur l'ordre de le venir prendre à la gare.

C'est cette voiture qui avait précipité par hasard Reine Aglarès sur le passage de l'express, où son père était monté avec le major.

Et les deux hommes continuaient en chemin leur conversation.

Contraint d'abdiquer toute réserve et tout soupçon, le colonel parlait à présent sans se lasser de son œuvre, de ses espérances, de ses projets. Il livrait le secret même de ses détresses : car les frais de sa première entreprise n'étaient pas tous couverts, et il se serait heurté, en cas d'insuccès, à de gros embarras d'argent.

Le major l'écoutait avec distraction. Depuis le début du voyage, une autre préoccupation semblait avoir pris la place de son premier instinct d'inquisition fureteuse et de soucis professionnels. Un combat violent se livrait visiblement dans cette nature impénétrable. A peine avait-il paru s'éveiller pour poser en coq-à-l'âne une question banale :

— Et ce Daniel Conty, notre voisin, se livre toujours, lui aussi, à ses mystérieuses recherches ?

— Je le crois, avait répondu le colonel, du ton froid de ceux qui veulent ne pas connaître la personne dont on leur parle.

Un éclair passa dans les yeux du major, et il recommença d'assassiner son compagnon de compliments vagues et maladroits, qui semblaient à la piste d'une ouverture malaisée ou périlleuse :

— N'avez-vous pas été en France, mon cher colonel, l'un des premiers à m'accueillir, à me rendre une patrie ? Et si j'ai accepté de vous remplacer au parc des Coteaux, vous savez après quels scrupules, avec quelles résolutions d'y continuer votre méthode et votre direction ? Votre esprit n'a pas cessé de tout animer là-bas.

— Je sais, je sais...

— Hélas ! mon rêve eût été d'entrer davantage encore dans le grand courant de la vie française et dans votre intimité.

— Comment cela ? demanda avec hésitation le colonel, que commençait d'envahir une horrible gêne.

Et il releva les yeux sur son interlocuteur. Celui-ci détourna les siens, où éclatait une flamme ardente et presque sauvage. Aux portières tournait la girandole des lumineux paysages dans le matin frais. Un tremblement convulsif agita les grosses mains de l'homme sur ses genoux. Sa voix rauque se voila d'une angoisse aiguë et sincère :

— Je n'aurais jamais osé vous l'avouer, confessa-t-il. Mais l'heure est grave. La guerre peut demain nous prendre l'un ou l'autre, colonel Aglarès, et votre fille resterait alors sans appui... Je l'aime. Il me serait doux d'obtenir de vous sa main.

Dominique Aglarès s'était levé à cette déclaration avec une violence inouïe.

Ainsi donc, c'était vrai ! Ce soldat suspect, ce Juif étranger avait le front de lui demander sa fille ; et il sentait cet amour brutal et prêt à tout. On le lui mettait comme un couteau sous la gorge à cette heure décisive de sa vie. On le lui proposait comme un marché :

— Ta fille ! je veux ta fille, bonhomme ! Tes grands airs et tes dédains muets m'en ont trop longtemps imposé. J'ai trop souffert en silence ton mépris de soldat fidèle ! Aujourd'hui, il faut choisir. J'ai dans mes mains ton sort, toute ta vie, trente années de luttes et de souffrances; le destin peut-être, des prochaines batailles et de ta patrie... Je te tiens, pauvre roi des airs, et moi seul puis te donner tes ailes victorieuses... J'aurai ta fille ou tu n'auras pas le ciel !...

L'évidence de ce calcul, toute la secrète bassesse de cette âme noire sautait tout à coup aux yeux et à la gorge du malheureux père. Il se débattait en vain sous cette subite étreinte. Il balbutiait :

— En vérité, c'est un grand honneur... Mais je ne sais, major, je ne sais si ma fille agréera... Peut-être n'est-elle pas libre.

— Nous allons la voir, déclara avec une nouvelle audace Hans Staub. Nous le lui demanderons...

Et il carrait à son tour sa haute taille, ses larges épaules, la robuste verdeur de sa quarantaine et sa forte tête à la rude chevelure et à la barbe touffue. Ayant vaincu la première honte et brisé le sceau de sa longue retenue, il s'enhardissait à regarder lui aussi en face, à croiser l'acier cruel des regards.

Il y eut entre les deux hommes une seconde terrible d'attente et de défi ; et le colonel allait répondre, quand le train brusquement bloqua, remplissant la vallée de son fracas, d'appels et de cris d'épouvante.

La machine touchait à la voiture renversée de Reine Aglarès, au passage à niveau de Virollay...

III

RIVAUX

La voie s'emplit en un clin d'œil d'une foule effarée, affolée. Les femmes s'évanouissaient. Des hommes couraient çà et là, portant éployé leur journal dont la manchette annonçait en lettres énormes la nouvelle de l'ultimatum. Surexcitée déjà par les bruits de guerre, cette multitude, s'empressant vers ses affaires, était bouleversée par l'accident.

D'une poussée, tout le flot se porta en avant, où retentissaient des cris déchirants. Des paroles sinistres couraient de bouche en bouche, se confondaient en rumeurs confuses, où percèrent bientôt des noms plus précis.

— Une voiture... deux jeunes filles... Reine Aglarès, la fille du Maître de l'air.

Les agents de la Compagnie accouraient de la gare ; des curieux accouraient du bourg.

Le colonel avait saisi quelques mots, et, soulevé par un brusque pressentiment, il se précipitait, sans s'occuper davantage de son compagnon, écartant la presse d'un cri désespéré :

— Ma fille... C'est ma fille !...

Mais Yves Guiheu avait depuis une minute relevé les deux jeunes filles, Le tonneau seul avait souffert du choc amorti de la locomotive, et, avec une vigueur de doux et bon géant, le Breton achevait de déblayer la voie. Le poney lui-même s'était relevé et se cabrait, solidement retenu par la bride aux mains d'un employé.

Reine Aglarès, cependant, restait blanche comme la mort, crispait nerveusement ses deux mains jointes, et pleurait, entourée par la foule. Un mot qu'elle n'osait prononcer tout haut lui meurtrissait la bouche :

— Daniel !... Qu'est devenu Daniel Conty ?

Un autre groupe s'empressait autour de celui-ci. Soulevé par le chasse-pierre au moment où les freins bloquaient les premiers wagons, il avait été rejeté jusque sur le talus, étourdi, évanoui. Il sourit en se retrouvant entre les bras de son fidèle Guiheu :

— Sauvées ? demandait-il.

— Sauvées !

Il eut encore une seconde de défaillance, puis il se redressa tout à fait. Ses contusions étaient légères. Il marcha sans trop d'efforts, au bras de son compagnon. En l'apercevant debout, Reine à nouveau s'évanouit. Dans la confusion qui suivit, ils se trouvèrent séparés.

Dominique Aglarès emportait sa fille entre ses bras. Le jeune homme n'avait plus rien à faire auprès de celle qu'il avait voulu sauver.

Une main venait de se poser sur son épaule ; un officier d'ordonnance était dans ses bras :

— Jacques !... Mon bon Jacques, c'est toi ?

— Tu es blessé ?... Qu'arrive-t-il ?... Daniel, dis-moi...

— Chut !...

Et, confidentiellement, en se tirant de la presse, afin de n'être pas entendu :

— L'ordre ?... M'apportes-tu l'ordre enfin, Jacques ?... C'est la guerre, n'est-ce pas ?... As-tu l'ordre ?

— Je l'ai là !

— Ah ! merci !...

Une émotion violente contracta sa figure impassible, et il serra avec effusion la main de son ami. Tout le reste était oublié.

Daniel conta comment, ayant télégraphié la veille au ministre de la Marine au sujet de ses travaux à lui aussi, il était accouru ce matin au bureau de poste, dévoré d'impatience. L'autre expliqua ses démarches pour obtenir à Paris une réponse, au milieu du désarroi général.

— Il a fallu, Daniel, le puissant souvenir de ton père, pour arracher à Son Excellence une commission aussi étrange en un pareil moment. Je n'ai pas voulu laisser à d'autres le bonheur de te l'apporter.

Et ils se félicitèrent à nouveau.

Camarades de promotion, ils avaient en plus d'un pour l'autre une estime et une amitié déjà mûrie par de longs services. Mais lorsque Jacques Frézal apprit que Reine Aglarès avait failli périr en même temps que Daniel, rien ne put le retenir de prendre congé :

— Je suis ton hôte, et j'irai saluer ta mère et t'embrasser avant de repartir, car le temps presse, Daniel. Mais il faut que je prenne d'abord des nouvelles de Reine... A bientôt.

Et tandis qu'Yves Guiheu amenait à son maître une voiture de louage, qui les reconduirait chez Daniel, à la *Reverdie*, Frézal s'empressait vers une maison voisine, où le colonel Aglarès achevait de ranimer sa fille.

L'express avait doucement avancé jusqu'à la gare et reprenait sa course, emportant la cohue des voyageurs encore intrigués par l'événement ; tandis que la population de Viroflay s'absorbait dans la discussion de nouvelles arrivées de Paris.

— Est-ce que Jacques l'aimerait ? se demandait Daniel Conty, soucieux à présent, en dépit de sa joie récente.

Et Jacques, en vérité, avait tout au moins pour Reine Aglarès une affection d'enfance, profonde et fraternelle. Une lointaine parenté, des relations d'amitié faisaient se fréquenter depuis longtemps les deux familles ; souvent, entre de vieilles parentes et le colonel, il avait été question de fiancer les deux jeunes gens.

Jacques Frézal ne l'ignorait pas, et l'idée de ce mariage était l'une de ses pensées heureuses. Il se sentait pour Reine Aglarès un attachement si profond, un dévouement si calme et si pur, qu'il n'avait jamais douté de l'aimer du meilleur de son cœur.

Quant à Dominique Aglarès, il n'avait jamais parlé à Reine de ces projets. Elle était jeune encore. A quoi bon ? Mais cet espoir lui souriait.

Aussi, en apercevant le jeune homme, une joie franche et subite illumina le visage encore ridé d'angoisse du colonel.

— Jacques ! dit-il. Je suis bien heureux de te voir, mon ami... Et j'ai à te parler. Reste avec nous, veux-tu ?

Hans Staub, qui avait suivi Dominique Aglarès, entendit.

Une poignante émotion bouleversa ses traits. Le lieutenant Jacques Frézal était-il le rival qu'il redoutait et auquel le colonel était prêt à accorder sa fille ?

Les yeux du major lancèrent deux éclairs de haine, mais il se reprit bien vite. Redevenu maître de lui, il s'inclina à cette annonce de confidences où il ne devait point sans doute avoir part.

— Mlle Reine est tout à fait remise, dit-il. Je puis me retirer... Toutefois, mon automobile, colonel, reste à votre disposition. J'irai à pied jusque chez moi, en attendant de vous rendre ma visite aux *Glaïeuls*.

Et avec un singulier regard, en attirant le roi des airs à l'écart :

— Nous verrons d'abord votre appareil... Quant à l'autre affaire dont je vous ai entretenu, nous aviserons ensuite. Veuillez seulement consulter votre fille de ma part, colonel Aglarès !

— Le fourbe ! grommela le colonel entre ses dents, lorsque le major se fut éloigné.

Cependant l'auto, première cause de l'accident, les emportait à leur tour vers les *Glaïeuls* ; et Reine, après avoir pris les nouvelles, consolé son père, relevé son courage, racontait son aventure. Elle exaltait l'intrépidité de celui qu'elle appelait son sauveur. Les menaces de l'heure et le souci de la guerre prochaine ne comptaient plus au prix de cet émoi.

— Daniel Conty ! avait cependant murmuré le colonel en fronçant ses terribles sourcils gris.

— C'est mon ami, confiait Jacques : c'est lui que je venais voir à Viroflay.

Et, sur les instances pressantes de Reine, il vantait à son tour les qualités brillantes du jeune officier, ses travaux, leur longue amitié.

Les sourcils du colonel se fronçaient de plus en plus ; il jetait sur sa fille des regards attristés, et il allait interrompre avec brusquerie ce panégyrique à deux voix, lorsqu'on arriva à la villa des *Glaïeuls*.

Il n'avait été question en chemin que de Daniel, sauf le temps que Laura Davesne, la sœur de lait, devenue la compagne et l'amie de Reine, avait mis à rappeler le rôle moins brillant, mais héroïque aussi, d'Yves Guiheu dans l'accident de tout à l'heure.

A peine descendus de voiture et pendant que les deux jeunes filles montaient à leur chambre, le colonel entreprit le jeune officier de marine. Il n'avait plus une minute à perdre. Hans Staub ne tarderait pas à reparaître ; et l'angoisse du malheureux père, ses répulsions, le combat qui se livrait encore en lui, tout contribuait à précipiter sa résolution, à le faire passer par-dessus les formes ordinaires et l'étrangeté même de sa démarche.

— Jacques, dit-il en prenant les mains du jeune homme dans les siennes et en plongeant son clair regard dans les yeux de Frézal, tu sais, n'est-ce pas, que je t'ai toujours aimé comme l'un de mes enfants?... Veux-tu me rendre le plus grand des services ?

— Mais, colonel... comment pouvez-vous douter ?

— Tu n'ignores pas, Jacques, que la guerre nous menace, que la mobilisation est commencée déjà, qu'il me faudra partir sans doute... Ma fille va rester seule... Tu m'avais parlé souvent de projets, d'espérances... L'aimes-tu toujours ?

— Mais... sans doute... mon colonel.

La surprise déconcertait Jacques Frézal, et la froideur de ses réponses interloquées surprenait à présent le vieux soldat. Celui-ci continua pourtant :

— Je puis mourir dans la mêlée prochaine, et il me serait doux de savoir avant de quitter les *Glaïeuls* le sort de ma fille mieux assuré. Jacques, s'il est vrai que tes desseins n'aient point changé, je suis prêt à t'accorder sa main.

— Colonel... mais... vous m'aviez interdit de parler jusqu'à présent à Mlle Reine. Vous êtes-vous donc informé de ses sentiments ?

Et il interrogeait cette fois du regard, avec un sincère désir, sinon avec une bouillante impatience :

— Ecoute, fit le colonel... C'est à toi de t'assurer tout de suite de l'assentiment de Reine. Il le faut. J'ai besoin de sa réponse à l'instant... Car, tu le comprends, mon enfant, ce n'est pas sans raisons graves et pressantes que je te jette ainsi une fiancée à la tête. Je suis son père ! Mais un homme, ce major Hans Staub, m'a demandé ma fille tout à l'heure.

— Hans Staub !

— Lui-même. Et ce coquin tient dans sa main des intérêts plus grands et meilleurs que nous tous, que nos peines elles-mêmes, nos affections et nos délicatesses. Je t'expliquerai ceci plus tard. Je dois encore le ménager. Non pour moi, mais pour la France ! J'immolerai à mon pays jusqu'à ma fierté... La patrie ne demande pas toutefois de sacrifices répugnants: je garde ma fille et mon honneur... Seulement, je

voudrais avoir au moins une excuse auprès
de cet Allemand, lui dire par exemple,
sans mentir, que Reine a engagé ailleurs
sa parole, qu'elle est fiancée: et c'est à toi
que j'ai toujours désiré qu'elle le fût, tu
le sais bien, Jacques. Je viens à toi dans
ma détresse comme à mon fils déjà...

De grosses larmes roulaient dans les
yeux du colonel, et Jacques, bouleversé,
était sorti cette fois de son engourdisse-
ment et de sa stupeur. Il comprenait enfin.
Il entrait de plein cœur dans ce drame
intime. Et si d'indiscrètes ardeurs n'a-
vaient pas jusqu'alors inspiré à son amour
trop d'instances, la pensée d'un odieux rival
réveillait tout à coup son énergie et ses
espoirs. Il répétait, lui aussi, avec une
colère et une indignation croissantes :

— Hans Staub... Il a osé... Ah ! le misérable... Oui, colonel, il faut que je parle
à Reine. Il le faut !... Et merci, merci,
merci !...

Un coup de sonnette violent les fit tressaillir.

C'était le major qui revenait.

— Trouve-la, continua précipitamment
l'officier. Moi, je vais recevoir ce personnage... Dis à ma fille que je n'aurais jamais
osé pour ma part lui parler de cette canaille, mais qu'il me serait doux d'embrasser avant de partir mes deux enfants...
Jacques, à tout à l'heure !

Un sourire était revenu sur ses vieilles
lèvres émues ; Jacques Frézal, resté seul
dans le grand salon des *Glaïeuls,* continuait
de gronder :

— Non, non ! Celui-là du moins ne l'aura
pas... Pauvre Reine, si fière, et si noble et
si belle... Je le tuerais plutôt, ce misérable
Juif !

IV

L'AÉROPLANE AGLARÈS

Cependant, le major et le colonel étaient
allés jusqu'au hangar, où l'aéroplane Aglarès reposait à l'abri des bourrasques.

Hans Staub semblait avoir recouvré sa
belle humeur ; mais une résolution implacable se lisait à présent dans ses regards.

Il examina avec avidité l'appareil.

C'était une sorte de double ballonnet,
soutenu par deux antennes d'un jaune clair,
allongées sur les supports. On eût dit d'un
énorme insecte, d'un coléoptère géant, guettant du fond de son trou sa proie, avant de
prendre son vol. A l'arrière, en forme de
nageoire, flottait le gouvernail. Un moteur
puissant et léger battait dans le corselet.

Le colonel, sans enthousiasme, commença
d'en expliquer le mécanisme.

L'aéroplane, du type cellulaire, grâce à
son empennage spécial, avait acquis une
stabilité parfaite : l'armature en bois de
frêne avait permis de réduire le poids total
de l'appareil à 300 kilos, et la vitesse
moyenne, dans les essais, avait toujours dépassé 50 kilomètres à l'heure...

Et le malheureux, repris tout à coup par
l'enthousiasme de ses longs travaux, par
l'évidence de son triomphe sur le plus ca-
pricieux des éléments, s'excitait peu à peu,
oubliait son découragement, se reprenait à
espérer d'émouvoir le cerveau, sinon le
cœur de cet homme, qui peut-être, malgré
ses bas instincts ne voudrait pas commettre envers sa seconde patrie, comme
envers la première, une forfaiture en la
privant de ce merveilleux engin.

— Et désirez-vous voir l'oiseau au vol ?
demandait-il.

Ils montèrent dans l'étroite nacelle. Le
colonel pressa sur un bouton. L'aéroplane
glissa sur deux roues minuscules et vint
se disposer dans l'étroit palier qui s'étendait devant le hangar.

De là, d'un seul essor, sans élan, sur place,
il s'éleva. Le double corselet, gonflé à l'hy-
drogène pur, suffisait à enlever tout le sys-
tème ; le moteur au gaz d'éther faisait le
reste.

— Et nous pouvons emporter ainsi dans
les airs plus de 1 000 kilos d'explosifs, qui
suffiraient à détruire une armée ! affirmait
orgueilleusement le colonel.

Ils avaient dépassé la cime des arbres
les plus hauts et voguaient en plein ciel.
Les ballonnets élévateurs, distendus par le
gaz, les emportaient par delà les nuages.
Les hélices tournaient avec un ronflement
puissant et sourd. Les antennes s'agitaient
de droite et de gauche. La guêpe gigantesque semblait se faire un jeu de poursuivre là-haut et de rattraper les hiron-
delles au vol. Piquant contre le vent, décrivant une série de courbes savantes, montant, redescendant, déployant tous ses
moyens d'action, l'aéroplane Aglarès planait
sur Viroflay.

Le colonel voulut même manœuvrer le
canon électrique. Il indiqua le but sur un
coteau désert. Grâce à un dispositif ingé-
nieux, il réglait à son gré le tir d'un tube
d'acier placé à la cellule d'avant. Il pressa
un bouton. On n'entendit point de bruit, on
ne vit point de flamme ni de fumée ; mais
une sorte de balle d'étoupe, projetée comme
une torpille, tomba et vint frapper la tête
d'un jeune arbre qu'elle décapita au
pied du ballon.

Tout Viroflay, sorti des maisons, regardait là-haut. On était habitué, certes, à ces
expéditions de l'aéroplane. Mais l'immi-

nente déclaration de guerre donnait à pressentir que cette excursion n'était pas, cette fois, sans relation avec la mobilisation prochaine. Une immense acclamation monta de la terre, en un murmure diffus, vers le Maître des airs qui semblait prendre définitivement possession de son royaume.

L'aéroplane avait disparu vers le Nord ; mais il surgit tout à coup de nouveau à l'horizon, du côté du Sud, descendit comme une flèche vers les *Glaïeuls* et atterrit sans heurt en face de son préau.

— C'est merveilleux ! c'est incroyable ! murmurait malgré lui le major, empoigné par un puissant intérêt professionnel.

Il ajouta entre ses dents :

— Que faire ?

Mais au moment où il mettait pied à terre, Reine Aglarès et Jacques Frézal sortaient justement des *Glaïeuls* au bras l'un de l'autre. Un éclair de rage traversa les prunelles sombres du Juif.

— Merveilleux ! reprit-il d'une voix sifflante. Mais ne craignez-vous pas, colonel, que le maniement de semblables appareils ne soit un peu compliqué pour des pilotes improvisés, au cas où il les faudrait former en quelques jours ?

— En quelques jours, ripostait Aglarès. Je vous donne trois minutes, major, pour tenir en main aussi bien que moi l'aéroplane... Recommencez vous-même l'expérience.

L'Allemand tenait sa revanche en cas d'échec auprès de Reine Aglarès, et il brusqua résolument cette fois le dénouement.

— Soit ! dit-il avec un rire sardonique. Mais n'avez-vous pas fait, colonel, la commission dont j'avais eu l'honneur de vous charger ? Et, puisque voici Mademoiselle votre fille, ne puis-je lui demander sa réponse avant que mon inexpérience ne nous fasse affronter la mort ?

— Je le veux bien, répondit le colonel à nouveau, désarçonné par cette brutalité. Mais, hélas ! mon cher major...

Il s'arrêta. Les physionomies qu'il apercevait en se rapprochant de ses enfants le faisaient tout à coup trembler.

Reine avait pleuré et s'avançait toute pâle. Une tristesse virile et grave se lisait sur le visage de Jacques Frézal.

— Reine, balbutia le vieil officier troublé, le major Hans Staub nous a fait l'honneur de me demander ta main et désire connaître sur l'heure ta réponse.

La jeune fille se dressa toute droite.

— Mon père, dit-elle, je remercie le major ; mais j'ai engagé déjà ma parole, et je le prie d'agréer mes regrets.

Un regard chargé de mépris n'atténuait guère la sécheresse polie de ce refus.

Involontairement, quitte à se trahir, le père avait saisi les mains de Jacques.

— Merci, merci ! lui murmurait-il.

Cependant, le jeune homme songeait, sans répondre, raidi et impassible comme à la parade :

— Hélas ! ce n'est pas pour moi que j'ai reçu sa promesse, et il faudra que je la lui rende. Un autre l'aime et en est aimé. Mais du moins ce Teuton ne l'aura pas. J'aimerai Reine comme une sœur, et je la céderai, s'il le faut, pour son bonheur, à plus digne que moi, non à cet aventurier juif et félon !

Le colonel ne devina rien, ne remarqua même pas cette attitude.

Déjà le major furieux était allé jusqu'au perron où l'attendait son chauffeur.

— Préparez votre machine, commandait-il. Je suis à vous dans dix minutes.

Il reprit plus bas :

— Karl Brands, l'autre coup est-il prêt, là-bas ?... Me voilà à présent décidé à tout risquer.

Et revenant vers ses hôtes :

— Tant pis !... Dire que pour l'amour de cette fille, j'allais peut-être abandonner l'œuvre, trahir pour de bon cette fois la patrie allemande et faire de ceux-ci les plus forts ! Je m'étais laissé vaincre par cette gamine, et c'est elle qui me repousse ! J'offre tout à ce vieux fou, la victoire, la gloire, la fortune : et il me jette mon marché à la face !... Tant pis pour eux, car je les tiens, et malheur aux vaincus ! Ils apprendront à connaître le major Hans Staub. Hourrah pour l'empereur ! J'aurai quand même cette petite, du droit d'invasion ! La France vient de perdre, avant le combat, sa seule chance de salut !

Marchant alors au colonel, il dit sèchement :

— Hâtons-nous, car je dispose de peu de temps, à présent.

Son regard était effrayant.

Ils remontèrent dans la nacelle.

A nouveau, l'aéroplane s'éleva, décrivant ses orbes concentriques, et s'apprêta à rejoindre avec son incroyable précision son point d'atterrissage. C'était le major qui maintenant était au gouvernail.

D'en bas, Jacques et Reine suivaient ces évolutions.

— Merci, mon ami ! disait la jeune fille.

— Merci plutôt à vous, Reine ! Merci de votre franchise et de votre confiance ; je suis heureux et fier de l'avoir méritée... Quant à la peine que vous m'avez faite, ne vous en chagrinez pas ! J'ai senti, à la douceur du sacrifice, que j'étais digne du moins d'être votre confident et votre fraternel soutien... de tenir votre main jusqu'à l'heure où vous la pourrez donner à celui que nous aimons tous deux.

— Pauvre cher père, je prévois pourtant toute la peine que je vais lui faire, après qu'il a sacrifié à mon bonheur les plus grandes espérances et tout ce que représentait pour lui ce gigantesque oiseau !...

Le courage lui revenait pourtant rien qu'à contempler à nouveau la marche précise et rapide de l'aéroplane :

— Qui sait ? dit Jacques... A lui seul, l'*Aglarès* ne peut-il remporter la victoire ? Et le maître de l'air sera fier peut-être d'accorder un jour sa fille au roi des mers... Daniel Conly, lui aussi, a son secret !

Mais voici qu'à ce moment même le ballon perdait soudain la précision de ses mouvements. Deux ou trois embardées terribles le firent virevolter dans l'espace, emporté par le vent. Dans la nacelle, le major Hans Staub semblait avoir perdu la tête, malgré les indications du colonel. L'aéroplane paraissait fou. Il se lançait en avant, stationnait soudain ; l'armature grinçait de toutes parts.

Comme un aigle blessé, l'appareil enfin se précipita, les ailes ouvertes, tête baissée, vers le sol.

— Major ! Major ! haletait le colonel.

Et Reine joignait en bas les mains :

— Mon père !... Cet homme veut donc le tuer !

Dominique Aglarès s'était précipité à la direction ; mais Hans Staub, chancelant, tomba, en lui faisant place, sur un levier ; et le ballon, qui déjà se redressait, vint donner contre le mur des *Glaïeuls*.

On entendit un déchirement lugubre, un broiement d'ailes meurtries ; le moteur éclata, et le ballon enflammé tomba dans la cour.

Les deux pilotes avaient roulé à terre.

Le colonel, le premier, se releva ; mais il retomba anéanti devant la destruction de son œuvre.

Le major, impassible, feignait de le consoler :

— Nous l'avons échappé belle, et je regrette vraiment !... Mais ne désespérez pas... Je réparerai ma maladresse... Vous aurez bientôt votre revanche !

Les regards glacés qui le dévisageaient l'interdirent, malgré son audace. Il se sentit deviné et brusqua son congé :

— Il n'y a pas une minute à perdre pour obtenir à Paris l'ordre de tout réparer... Adieu !... Ne me maudissez pas encore, colonel... Vous me reverrez bientôt, Mademoiselle !

Et, quittant ses hôtes consternés, il s'échappa vers son automobile sous pression, en murmurant :

— Et d'un !...

Le colonel s'était redressé pour lui montrer le poing et crier derrière la voiture :

— Ah ! canaille !... Mes enfants, mes pauvres enfants, nous sommes perdus !... Ce maudit espion l'a fait exprès et n'était venu ici que pour nous trahir !

Ils l'emportèrent, inerte.

<h2 style="text-align:center">V</h2>

<h3 style="text-align:center">LA DÉBACLE</h3>

Le colonel Dominique Aglarès resta trois heures sans connaissance, et il se remettait à peine de cette affreuse secousse lorsqu'arriva de Paris une dépêche du ministère.

Cet empressement lui sembla d'abord de bon augure, et il rompit le cachet d'une main fébrile, avec un regain tremblant d'espérance :

— Serait-il vrai, et ce misérable Staub...

Le télégramme était laconique :

DOSSIER N° 18.344. — *Aéroplane Aglarès.* — Appareil sur lequel on peut fonder de grandes espérances. N'est pas absolument au point. Direction difficile. Atterrissage périlleux. A classer, après les dernières retouches.

Reine et Jacques suivaient anxieusement sur le visage du colonel l'effet de cette désastreuse nouvelle. Dominique Aglarès avait affreusement pâli, mais le coup, contre toute prévision, le redressa.

Il voulut se lever, examiner les débris de son appareil. Le malheur était presque irréparable.

Déjà la nouvelle s'était répandue dans Viroflay ; et des amis, des compatriotes accouraient offrir au colonel leurs condoléances, l'expression de leur colère contre ce que la rumeur publique commençait de qualifier de maladresse monstrueuse et d'attentat. C'était un deuil et un désappointement général.

Le héros de la prochaine guerre était désarmé, au moment où l'on se glorifiait déjà de son triomphe !

Cependant, le colonel recevait les visiteurs avec un front d'airain.

Le temps et l'argent lui manquaient pour réparer le désastre. L'*Aglarès* même n'était pas encore entièrement payé, et l'inventeur avait toujours compté que le gouvernement serait contraint de lui rembourser un jour ses premiers frais. C'était la ruine.

Mais le malheureux père ne voulut pas laisser deviner à Reine son désarroi. Il résolut de faire un suprême appel à des amis, à des protections puissantes, d'écrire à la maison Servez, de tenter coûte que coûte une nouvelle expérience, dût-il y perdre toute sa fortune personnelle, ne laisser à Reine que la dot de sa mère et le souvenir sans tache d'un fidèle serviteur du pays.

Il s'assit à son bureau, et d'une main fiévreuse écrivit.

Il signait sa lettre lorsqu'un visiteur nouveau s'annonça.

C'était un petit homme onctueux, tout vêtu de noir. Sa carte portait :

M⁰ PANCRACE HAUDRIETTE,
agent d'affaires.

Il était, à Viroflay, un peu banquier, un peu courtier et escompteur, un peu huissier, chargé dans la région des recouvrements.

Le chapeau haut de forme à la main, les bésicles sur le nez, il salua :

— Monsieur le colonel Aglarès... Monsieur, continua-t-il, je n'ai pas l'honneur sans doute d'être connu de vous.

Il piqua une tête en avant.

— Pardon, Maître Haudriette.

— C'est que nos fonctions nous attirent, Monsieur, une regrettable notoriété... Mais vous savez pertinemment qu'il n'y a pas de sot métier...

— Il n'y a que de sottes gens.

— J'allais avoir l'honneur de le dire, Monsieur... Et si de telles gens étaient chargées de notre ministère, la loi en paraîtrait plus souvent odieuse... Il faut chez nous une main de fer dans un gant de velours. Le malheur est toujours respectable !

— Au fait, Monsieur !... Asseyez-vous.

— Serviteur !

L'homme de loi s'assit, après une nouvelle révérence. Il ouvrit sa serviette, essuya ses binocles, chercha son mouchoir. Sa voix fûtée monta d'un ton pour reprendre gravement :

— Monsieur, les inventions fameuses ont besoin pour réussir de la consécration officielle. Je ne vous énumérerai pas ici les grands hommes malheureux. La plupart de ces illustres génies finirent sur la paille. Un lit de lauriers est souvent plus épineux encore qu'un lit de roses.

Le colonel avait depuis longtemps compris le but de cette visite ; une colère folle montait en lui ; mais l'imbécillité de cet odieux fantoche le désarmait :

— Plus vite, dit-il seulement, et sans phrases !

Le petit homme alors, changeant de ton, se mit à dévider rapidement son affaire.

— Qu'il avait reçu la veille une créance de la maison Paul Servez et C⁰, avantageusement connue du colonel ; qu'il n'avait pas hâté le recouvrement, sachant la parfaite solvabilité du colonel ; mais qu'une dépêche nouvelle et pressante de la maison le con-

traignait à précipiter sa démarche. L'imminence de la déclaration de la guerre, d'importantes commandes militaires étaient pour la maison Servez un cas de force majeure, qui, malgré ses habitudes de courtoisie, l'obligeait à poursuivre sans délai le payement d'une dette déjà ancienne.

— Monsieur, interrompit enfin le colonel, c'est bien, vous serez payé à temps !

Et il laissa le petit bonhomme interloqué, qui se retira avec force courbettes à vide, sans parler de maints regards sournois à la décoration de la villa.

— Hum ! hum ! toussotait-il, jolis meubles, jolis tableaux, oui ! Mais vingt mille francs ne sont pas un denier. M⁰ Pancrace Haudriette, ouvrez l'œil !

Le colonel s'était réfugié dans sa chambre.

Une angoisse poignante lui labourait la poitrine. Tout était dit ! Il fallait abdiquer

— abdiquer cette royauté des airs, qui pouvait assurer à la France la souveraineté du monde ; abdiquer cette maîtrise, que lui aurait confirmée une poignée d'or.

Vaincu, seul, Dominique Aglarès pleura longtemps, la tête dans ses mains.

Quand il releva les yeux, son sacrifice était fait.

Au-dessus de son lit, un grand Christ d'ivoire étendait ses bras livides sur un fond de peluche sanglante :

— O vous, pria le malheureux, ô Roi qui aimez la France, les hommes ne sont rien. Prenez vous-même en main notre cause. Et donnez-moi le courage de servir jusqu'au bout, fût-ce au dernier rang ! Prenez soin de ma fille. Elle n'a plus que vous !

Un grand apaisement descendit en lui.

Il fit appeler Reine, Jacques, Laura Davesne.

— Je dois partir, ma fille. Le pays va sans doute avoir besoin de tous les siens. Tu serais mal en sécurité ici. Laura, tu emmèneras ce soir ta sœur de lait chez ta mère, sa nourrice, à Bourg-de-Batz. Vous passiez vos vacances en Bretagne ; vous y prolongerez cette fois votre séjour jusqu'à la fin des hostilités.

— Ma mère, intervint Jacques Frézal, eût été heureuse d'offrir son hospitalité...

Un sanglot gonfla la poitrine du vieil officier.

— Non, dit-il. Et Reine devra te demander de lui rendre sa parole, mon pauvre Jacques.

— Comment !

— Nous sommes pauvres, et il me faut te demander pardon, ma fille. Mes inutiles travaux ont dévoré une fortune à laquelle je n'avais pas le droit peut-être de toucher. Je n'ai qu'une excuse ; c'était pour mon pays ! Tu vivras du moins honorée avec ce qui nous reste ; mais je suis contraint de mettre en gage, peut-être de vendre, avant de partir ce soir, la villa des *Glaïeuls.*

— Et où irez-vous, mon père ?

— Offrir n'importe où mon épée, et combattre en volontaire. La défaite agrandit seulement pour moi le devoir... Mes chers enfants, vous prierez pour un malheureux !

Reine lui faisait déjà des adieux déchirants. Mais Jacques Frézal s'avança :

— Mon colonel, dit-il, il m'est impossible de me rendre au moins sur un point à votre désir. Je n'ai pas le droit de rendre à Reine Aglarès sa parole, et vous saurez pourquoi... Quant à votre résolution, je vous supplie d'attendre jusqu'à ce soir avant de la rendre définitive. Ici et à Paris, j'ai des amis qui peuvent tout sauver encore.

Le colonel secouait la tête.

— Soit, dit-il pourtant. Mais hâte-toi, mon pauvre Jacques. J'ai promis de m'acquitter dans les vingt-quatre heures !

VI

LA RÈVERDIE

C'est vers *la Reverdie* que s'en alla Jacques Frézal.

C'était une demeure étrange. A l'écart du Viroflay nouveau, bâti depuis cinquante ans, elle allongeait, au pied des coteaux boisés, ses murs de quinze pieds de haut.

La porte d'entrée, toujours close, était en chêne, et le fond de la propriété était coupé encore par une autre clôture, que ne franchissaient pas même les gens de la maison.

Depuis dix ans, Mme Élise Conty vivait dans cette maison fermée et mystérieuse comme un couvent ou une prison.

Elle était veuve d'un député, qui jadis avait eu son heure d'influence et de célébrité sous le gouvernement radical. Leur fortune était considérable, et les mieux informés parlaient d'une dizaine de millions. Pourtant, la vieille dame menait une existence austère et retirée et ne manifestait sa fortune que par ses libéralités.

Il se racontait que le surplus de leurs revenus passait à payer les coûteuses recherches du fils, brillamment sorti de l'École navale. Mais comme rien ne transpirait du résultat de ces travaux et que cette rigoureuse consigne avait mécontenté plus d'un curieux, la popularité de Daniel Conty était loin d'être aussi grande à Viroflay que celle du colonel Dominique Aglarès. L'on plaisantait volontiers l'excès de

ces précautions autour d'un secret douteux ; et l'exagération de ces murailles, de ce mystère, semblait plutôt une invite à l'espionnage et une provocation aux entreprises de trahison.

L'on murmurait quelquefois de voir le jeune homme, en congé presque perpétuel, se promener en compagnie d'un matelot géant et barbu, le fidèle Yves Guihcu, attaché à son service ; mais l'amiral, ministre actuel de la Marine, avait dû à Edme Conty, le député, le meilleur de sa carrière ; et l'Excellence ne savait rien refuser au fils de son ancien ami.

Daniel Conty faisait de fréquentes absences, sans pourtant rejoindre son poste : et c'était encore une énigme dans sa vie.

Jacques Frézal la connaissait sans doute et l'autorité supérieure ; mais, en dehors d'eux, nul n'eût pu dire au juste ce qu'il en était.

Daniel eut un cri de joie en revoyant son camarade, qu'il attendait avec impatience. Il voulait tout savoir à la fois, et leur conversation fut longue, après tant d'événements.

Par dépêches, arrivaient de Paris des nouvelles de plus en plus graves ; à midi, pourtant, la déclaration de guerre n'était pas faite encore. Chacune des deux coalitions hésitait à engager le fer, à tirer le premier coup de feu de cette immense tuerie qui allait ensanglanter le monde.

Les deux amis télégraphièrent à leur tour, dans deux ou trois directions, après de longs conciliabules, et cependant leur discussion personnelle n'aboutissait pas.

— Non, je t'assure, protestait à nouveau Daniel Conty. Quelle que soit l'imminence du danger, je ne puis pas aller me proposer ainsi. L'accident de ce matin lui-même m'interdit cette démarche. J'aurais l'air d'aller chercher mon salaire, d'exiger une monstrueuse gratitude !

— Mais elle t'aime !

— Le colonel ne me pardonnerait jamais, s'il venait à découvrir qu'il n'était que mon obligé, au moment où je sollicitais de lui cette faveur. Puis-je, à ses yeux, risquer de faire figure d'un Hans Staub, qui cherche seulement à dissimuler mieux ce honteux marché ?

— Ce n'est pas la même chose !

— Et toi-même, mon pauvre Jacques, sais-je si j'ai le droit d'accepter ton sacrifice ? Je le sens, l'amour est d'un féroce égoïsme ; et je ne pense même pas à avoir pitié de mon meilleur ami, à reculer d'admiration devant ton renoncement. Mais faut-il donc manquer à l'amitié et à l'honneur ?... Suis-je sûr, en somme, que tu ne l'aimes pas encore plus et mieux que moi ?

Je ne veux, je ne peux rien faire contre toi ni profiter de ton héroïsme... Et j'aurais mieux aimé ne pas savoir !...

Il y avait dans cette plainte et dans ce combat magnanime de générosité tant de vivace douleur, qu'un moment les deux amis restèrent silencieux.

— Daniel, dit enfin Jacques avec effort, tu l'as dit : l'amour est égoïste. Et j'ai cru d'abord que je renonçais à mon rêve seulement pour son bonheur, pour elle. Mais penses-tu que cette seule raison suffise à un homme pour abandonner, au premier obstacle, une telle entreprise, lorsque le cœur est vraiment épris ?

— Je ne le crois pas.

— Crois-tu que l'amitié même puisse dicter une telle abnégation, pousser un soldat à proposer lui-même à un autre la femme qu'il aime et à vouloir être leur intermédiaire ?

— Non.

— C'est donc alors que vraiment je n'aimais pas d'amour. J'aimais comme un frère, dont une longue intimité a trop familiarisé le cœur et le langage, pour qu'il en puisse changer et s'enflammer soudain d'une autre tendresse. Va, telle est la vérité, je le reconnais à présent ! Et c'est ce dévouement qui m'a poussé à recourir à toi, à te demander, pour une sœur qui m'est chère, un secours que je ne peux lui donner ; c'est ma piété filiale pour les *Glaïeuls* qui m'a contraint de te crier leur détresse et de te remettre tout entier le destin des Aglarès et des rêves du colonel... Car, en toute sincérité, mets-toi à ma place, Daniel Conty, en gardant ton amour : et même envers moi, agirais-tu comme je fais ! A qui ou à quoi consentirais-tu d'immoler ainsi toute ton âme ?

— A personne au monde ! déclara le jeune homme en se levant. A moins...

Un dernier soupçon, héroïque et sublime comme leurs cœurs, se levait dans son esprit ; et il dit, le visage transfiguré d'enthousiasme :

— A moins que je ne fasse, comme toi peut-être, ce sacrifice suprême à la patrie !

Un frisson avait couru dans leurs veines, et ils s'étreignirent tous deux :

— Tu es venu offrir Reine Aglarès, reprit Daniel Conty avec un gémissement, au seul homme qui pouvait encore donner l'essor aux dix aéroplanes qui sauveront la France !

— Même à ce prix, protesta Jacques, je serais mort plutôt que de livrer Reine à un Hans Staub ! Et je savais, Daniel, qu'il n'est besoin d'aucune récompense pour te porter à servir ton pays... Quant à moi, la confiance de Reine m'a payé déjà plus qu'au

centuple le chagrin que cette surprise m'avait causé d'abord.

Daniel prit sa tête à deux mains :

— Dis-lui donc que je l'aime, que je l'aime de toute mon âme, de toutes mes forces ; et que ma mère ira demander sa main, ce soir, au colonel Dominique Aglarès... Reviens seulement avant ton départ m'embrasser une fois encore, peut-être la dernière, et te charger de mes commissions pour Paris. A tout à l'heure !

Jacques était déjà sorti.

Et Daniel songeait :

— A présent, il faut que j'aille me confier à ma mère.

Et il lui raconta tout.

Mais quand il eut nommé celle qu'il avait choisie :

— Reine Aglarès ! s'écria Mme Elise Conty.

Elle était devenue plus pâle encore que de coutume dans sa longue robe noire. Elle passa longuement la main sur son front, comme pour en écarter des pensées douloureuses. Puis d'une voix lente :

— Suis-moi, mon enfant, dit-elle.

Tous deux quittèrent le salon et montèrent le grand escalier de pierre. Daniel, déconcerté par l'étrangeté, la brusquerie et la solennité de cette démarche, ne savait plus que penser.

Par les persiennes fermées, un demi-jour attristé s'épandait dans des pièces depuis longtemps closes. Les meubles semblaient dormir dans cette atmosphère spéciale des appartements déserts. Mme Elise marchait sans bruit, comme pour ne pas éveiller sous ses pas un passé lointain.

Elle s'arrêta devant une lourde portière, dont les plis immobiles avaient une rigidité de sculpture.

— C'est la chambre, Daniel, où ton père est mort. Je n'y suis guère entrée depuis ces jours de deuil... Il m'avait fait jurer de ne t'y conduire que le jour où je te jugerais capable de tout savoir et de tout réparer... Voici l'heure !

L'air était humide et frais. Mme Elise ouvrit la fenêtre, et il y eut dans la pièce une irruption de soleil, un renouveau de lumière et de vie. Tout le paysage printanier inonda les glaces et le reflet des meubles.

Daniel, très ému, restait sur la porte. La mère lui montra un siège. Elle s'assit elle-même. Ses doigts blancs tournèrent la clé d'un secrétaire. Des tiroirs s'exhala le parfum des souvenirs longtemps délaissés.

— Voici, continua la veuve, des papiers qu'il te faudra lire. Ceci est le testament moral de ton père, l'expression de ses volontés dernières... Je te laisse, mon enfant...

Lorsque tu auras lu, viens me dire si tu dois, si tu peux ou si tu veux épouser encore Reine Aglarès... A bientôt.

Et elle était partie, glissant silencieusement sur les tapis, sans se retourner.

Daniel sentait battre son cœur dans sa poitrine. Une sueur froide perlait à son front. Ses tempes battaient.

— Je dois savoir, pourtant, murmura-t-il.

Il s'approcha et lut.

Il lut, une heure entière.

Quand il eut fini, il se redressa, la tête haute, et il se dirigea vers le lit.

Au chevet, un portrait d'Edme Conty était appendu au mur sous un Christ d'argent.

Daniel parla, lentement, dans la chambre vide :

— Mon père, ô mon père, il n'appartient pas à votre fils de vous juger. Comme tout homme ici-bas, vous avez été sujet à l'erreur ; mais, à l'heure redoutable de la mort, vous avez compris vos torts, et vous avez voulu les réparer. Le temps vous manqua. Vous avez compté sur ma mère et sur moi. Vous avez eu raison, mon père ! J'accomplirai vos volontés. Un jour, j'amènerai ici ceux dont vous avez imploré grâce : car, je le jure sur ce Christ qui a reçu votre dernier soupir et qui entend mon serment, je réparerai vos torts entièrement, surabondamment ! Et le pardon des hommes viendra compléter, sur votre âme, le pardon de Dieu !

Il s'était agenouillé. Il réfléchissait à l'immense dette contractée envers la France, et il ne fléchit point sous le fardeau :

— Je m'acquitterai envers la France !

Il songea à la réponse qu'attendait sa mère, et il se leva pour la lui donner :

— Oui, ma mère, vous demanderez quand même pour moi la main de Reine Aglarès. Il faudra seulement attendre...

A ce moment, Jacques Frézal rentrait de la villa des *Glaïeuls* :

— Madame, on vous attend...

Il n'eut point le temps d'achever, Yves Guilieu faisait irruption au salon, le visage bouleversé.

— Au chantier, quelqu'un est enfermé que j'ai surpris. Un espion, un traître, qui fouillait vos papiers... Accourez tous. Il faut le prendre !

Un sourire étrange flotta sur les lèvres de Daniel Conty :

— Il faut le prendre ! C'en est un de pincé, et j'ai bien fait de tendre cette souricière ! Le piège est bon... Mon ami Jacques, prenons nos armes !

VII

L'ESPION

— Je l'ai surpris dans le bureau, expliquait Yves Guilieu tout en courant. J'avais ouvert la porte sans méfiance, et le bandit m'a salué de deux coups de revolver. Mais, Dieu merci, j'ai la poigne solide. J'ai saisi mon coquin et l'ai lancé par la trappe dans le sous-sol, afin de faire face à ses complices, s'il s'en trouvait. Je n'ai vu personne. La porte assujettie, j'ai couru vous chercher.

Il poussa tout à coup un rugissement.

La trappe qu'il avait solidement barricadée était ouverte. Les trois hommes se précipitèrent.

Il n'y avait plus personne dans le hangar.

Mais Daniel aperçut dans un coin une mèche qui fusait. Il voulut s'élancer. Un sifflement retentit, pareil à celui d'une barre de fer rouge plongée dans l'eau.

— Dehors ! ordonna Conty. A terre !

Un éclair. Un déchirement sec, et le hangar flamba. Les trois hommes n'avaient pas été atteints. A peine quelques cheveux roussis par les jets de flamme de l'explosif.

Et ils aperçurent en se relevant deux inconnus qui par les arbres du parc regagnaient la crête du mur de clôture. Du côté de la rue, une corde pendait. On entendait le ronflement sourd d'une automobile, qui démarra soudain à toute vitesse.

Elle avait disparu quand Daniel et Jacques, ayant contourné les murs, arrivèrent le revolver au poing.

Le hangar continuait à flamber furieusement, et le maître cria aux domestiques accourus :

— Qu'on ferme tout, et que personne n'entre. Laissez brûler.

La foule des voisins se précipitait en effet de Viroflay, de plus en plus surexcitée par ces alertes qui semblaient comme un présage de l'universel bouleversement.

Jacques, Daniel et Yves Guilieu cependant s'étaient jetés dans la 356-B 6, et l'automobile de *la Reverdie* filait à son tour à toute vitesse. Elle prenait la piste de l'espion.

Ce fut une randonnée épique.

La voiture des fuyards avait une avance considérable, mais elle était d'une force moindre. Daniel ne désespérait pas de la rattraper.

— Tâchons de lire au moins son numéro... Le hangar importe peu. Les papiers fouillés sont sans importance. Je n'étudiais à *la Reverdie* que des questions de détail ; et tout ce mystère était une embûche...

Mais je donnerais tout au monde pour connaître le nom de celui qui m'a deviné suffisamment pour risquer cette entreprise insensée. Plus vite, Yves Guiheu !

Dans un nuage de poussière, avec un grondement d'enfer, les deux monstres se ruaient devant eux, et les passants les regardaient avec épouvante.

Les villages, les bois fuyaient dans un tourbillon vertigineux, Viroflay était loin déjà. Les voitures ne roulaient plus, elles avançaient par bonds fantastiques de bêtes échappées.

— L'essence baisse ! déclara Yves tout à coup.

— Accélère ! cria Daniel.

— J'ai donné toute la vitesse !

Les trois amis eurent un cri de colère. Mais leurs yeux à nouveau étincelèrent. Ils gagnaient sur l'ennemi. Ils s'en rapprochaient à vue d'œil. La provision de carburant des fuyards s'épuisait sans doute aussi. Penchés en avant, décidés à se servir de leurs armes, Jacques et Daniel guettaient déjà leur proie.

On dirait, songeaient-ils tous deux sans oser se faire tout haut cette confidence, on dirait l'automobile du major Hans Staub !

Le numéro d'arrière cependant ne se montrait pas, badigeonné ou gratté.

Et soudain, prête à être rejointe, la voiture d'avant stoppa net, en plein travers de la route, et les deux hommes qui la montaient, sautant à terre, fuirent à travers bois.

La 356-B 6 était lancée à toute allure. Yves, aveuglé par la poussière que soulevaient les fuyards, ne s'était pas à temps aperçu de la manœuvre. Il débraya trop tard et ne put éviter l'abordage.

Un éclatement formidable de vitres, de leviers, de sièges, de roues tordues joncha la chaussée de débris. Et dans un enchevêtrement monstrueux de bêtes agonisantes, des râles, du sang !...

La voiture qui ramenait les blessés ne rentra que deux heures plus tard à *la Reverdie*.

Sur un matelas, Jacques Frézal était étendu, la figure meurtrie, le bras droit brisé.

Yves Guiheu conduisait le cheval, et Daniel Conty venait par derrière, le front bandé.

Mme Elise les attendait avec anxiété. L'incendie du hangar s'était éteint de lui-même. Mais la foule refusait de circuler et stationnait aux grandes portes. Les deux catastrophes qui venaient de se succéder, celle de l'aéroplane et celle des chantiers de Daniel Conty, avaient éveillé les soup-

çons. Une relation s'établissait entre toutes deux dans les esprits les moins clairvoyants.

Plus convaincu que personne de la félonie du major allemand, Daniel télégraphia sans retard à son ami, le ministre de la Marine, et formula nettement une demande d'enquête, s'autorisant des présomptions les plus graves pour solliciter contre Hans Staub, au nom de la sécurité nationale, une mesure qu'il avait suggérée le matin déjà.

Les débris de l'automobile fugitive ramassés sur la route donnaient corps aux premières suspicions.

VIII

MYSTÈRES

A la maison des *Glaïeuls* cependant, aussitôt après la seconde visite de Jacques Frézal, Reine Aglarès était venue trouver son père :

— Moi aussi, songeait-elle, je dois le prévenir. J'ai peur qu'il n'en ait du chagrin, car il semblait avoir contre les Conty une antipathie inexplicable, mais combien lui serait-il plus pénible encore d'apprendre cette nouvelle d'un autre que de moi... Pauvre père, il était si heureux de mon engagement avec Jacques Frézal !

Et, bravement, les yeux mi-clos, elle fit à Dominique Aglarès la confidence de la supercherie du matin.

Cette parole donnée à Jacques afin d'échapper à la recherche de Hans Staub allait en réalité à un autre qu'elle aimait et qui allait venir.

Une affreuse appréhension serra tout de suite le cœur du père.

Il fallut enfin qu'elle lui nommât ce prétendant nouveau et il se récria :

— Daniel Conty ! Je commençais de m'en douter... Je dois donc finir entouré de ces trahisons !... Et c'est cet accident, Reine, cette voiture versée, qui ont suffi, comme cela, d'un seul coup...

— Mon père, il y a déjà longtemps que nous nous rencontrions, ici et là...

— Et tu ne m'as jamais dit !... Mais je n'ai pas le courage de te gronder ; tu seras assez punie, trop pour mon cœur ; car tu ne peux épouser cet homme, Reine Aglarès !

Il s'était dressé, en proie de nouveau à une surexcitation extraordinaire, et sa fille n'osait même plus l'interroger :

— Tu ne peux l'épouser !.. Quand une cabale m'a rejeté jadis de l'armée, brisant mon avenir, faussant mon épée, elle avait pour chef et pour appui un député radical, qui, fort de l'impunité parlementaire, osa bien salir le nom d'Aglarès. Cet homme s'appelait Edme Conty !... Il n'avait pas craint, pour m'abattre, de livrer à la publicité mauvaise du débat le meilleur de mes recherches d'alors, mes papiers les plus secrets, livrés par un bandit que je n'osais soupçonner, mais qui s'est révélé aujourd'hui : Edme Conty était le complice de Hans Staub... A eux deux, ils ont longuement consommé la ruine et perpétré la détresse du roi des airs ; et c'est toi, toi, qui viens me proposer d'allier à présent ces deux noms : Aglarès et Conty !

Reine ne répondait plus. Il lui refit cette lamentable histoire d'un loyal et glorieux soldat, succombant à une basse intrigue de couloir. Par la faute de Conty, il n'avait pas les trois étoiles d'or. A cause de ce politicien, tapageur ou mal inspiré, l'œuvre de toute sa vie s'écroulait enfin aujourd'hui aux dépens de la patrie menacée ! Et de pareils torts peuvent-ils s'oublier !

Reine pleurait en silence.

Et ce tête-à-tête cruel se prolongea longtemps entre la douleur silencieuse d'une enfant dont la vie broyait le cœur à son premier essor, et le vieux soldat ressassant ses trop justes colères.

Cependant, le bruit de l'incendie de *la Reverdie* vint faire trêve une minute à cette scène tragique. Dominique Aglarès parut frappé, lui aussi, de la similitude d'infortune qui atteignait le jeune officier :

— Il a été brave, ce matin, décida-t-il enfin gravement, et tu lui dois peut-être en effet la vie... Je le dois remercier. Il n'est pas responsable des fautes de son père ; et si l'alliance est impossible entre son nom et le mien, du moins sa mère est une noble femme. Je leur ferai une visite de gratitude et de condoléance.

Cette parole entra dans le cœur de la jeune fille comme un renouveau d'espoir.

Mais l'heure du courrier faillit encore tout gâter. Il y avait une dépêche de la maison Paul Servez et Cie, et le front du colonel se rembrunit. Le télégramme était de forme inusitée. Dominique Aglarès dut le relire à deux fois pour comprendre :

Veuillez agréer toutes nos excuses pour la visite que vous a faite ce matin Me Pancrace Haudriette. Des rapports inexacts nous avaient induits en erreur, et vous comprendrez la mesure que nous avions cru devoir prendre en songeant aux difficultés de l'heure présente.

Me Haudriette vous remettra le règlement de votre compte arriéré.

Le nouvel appareil que vous nous avez commandé sera prêt dans une huitaine ; car nous avions pris nos mesures pour une commande plus considérable, et le reste de la flottille pourra être lancé dans le courant du mois.

Nous vous adressons également, par la poste, le règlement de ce compte nouveau, ayant reçu avis de la Société du Crédit moderne que vous aviez effectué à son siège social un versement de 500 000 francs.

Veuillez nous avertir en toute hâte s'il était nécessaire d'apporter quelques modifications aux plans que vous nous avez soumis.

Nous vous prions de croire, Monsieur le Colonel, à notre considération la plus distinguée.
PAUL SERVEZ et Cie.

Dominique Aglarès n'en pouvait croire ses yeux ; mais cette longue lettre restait entre ses doigts comme un palpable témoignage de ce coup soudain de fortune.

Un autre paquet, avec la carte de l'honorable Me Pancrace Haudriette, lui apportait la traite acquittée, brandie le matin sur sa tête comme une menace.

La première pensée de l'officier fut pour son pays :

— Dix !..... Une flottille !..... Ah ! Reine, Reine, cette fois, je suis le Maître de l'air : et malheur aux ennemis de la France !..... Qu'importe à présent le bon plaisir du pouvoir ? En soldat régulier, ou en franc-tireur, je suis sûr de vaincre : et il faudra bien reconnaître au moins le triomphe !

La seconde pensée fut pour sa fille :

— Et je reste avec toi, Reine, jusqu'à l'heure des derniers préparatifs. Nous avons devant nous huit jours de paix encore..... Ah ! qu'il m'en coûtait de te quitter !

Et tout aussitôt, attribuant à Jacques Frézal l'intervention mystérieuse qui les sauvait, il ajouta avec attendrissement :

— Ce brave Jacques ! disait-il. Quelle joie c'eût été pour moi de l'appeler mon fils !.....

Puis, un doute le prenant :

— Pourtant il n'a aucune fortune personnelle, et qui a-t-il pu intéresser déjà à mon entreprise à Paris ?.....

— Il n'a pas encore quitté *la Reverdie !* répondit Reine dont les regards s'illuminaient, et dont le cœur plus clairvoyant nommait déjà son sauveur.

— Je saurai..... dit le colonel.

Il courut au téléphone, où il n'obtint qu'après mille peines la communication avec la maison Paul Servez et Cie.

Le directeur en personne lui répondit et confirma les termes de sa dépêche ; il ne put toutefois fournir d'autres renseignements.

— Mais, au moins, demandait le colonel ramené tout à coup à une autre pensée, me direz-vous à quels faux rapports votre télégramme faisait allusion ? Qui vous avait poussé à précipiter avec une telle rigueur le remboursement de ma dette première ?

— En vérité, je ne le sais..... hésitait le directeur, embarrassé

Pressé de questions, il finit pourtant par avouer que, *de haut lieu*, il avait reçu avis que le gouvernement refuserait certainement, en fin de compte, la reconnaissance de l'appareil Aglarès ; que la commande de toute une flottille escomptée par le colonel ne serait jamais faite ; et qu'il fallait se hâter si la maison désirait ne rien perdre dans la ruine prochaine de l'inventeur. Et ce n'étaient pas là des commérages. Celui qui avait fourni, dès la veille, ces renseignements pouvait passer pour bien informé.

— Mais qui donc, encore une fois ? qui donc a pu ?.....

Paul Servez finit par céder, et il nomma l'homme, le mauvais génie, qui semblait acharné à la perte des Aglarès afin de les tenir à merci. Il nomma le major Hans Staub !

Le colonel, de stupeur, lâcha les récepteurs :

— Lui ! Lui ! Encore lui !

Il revint du bureau très surexcité ; mais sa gratitude en même temps croissait envers le mystérieux donateur, dont la générosité le tirait des serres de l'homme de proie, du traître puissant et perfide.

A grands bras il gesticulait dans la rue, sans souci des passants ; il apostrophait à mi-voix l'inconnu :

— Oui, oui, quel qu'il soit, cet homme qui m'a tiré de peine, si je triomphe, sera le premier à l'honneur ! Il faudra bien que je le découvre, et la France saura le nom de son véritable sauveur !

La rumeur publique lui rappela alors à nouveau l'incendie de *la Reverdie*, et son âme, amollie par l'épreuve, s'emplit d'une pensée de pardon. Il voulut porter tout de suite ses condoléances à un homme que frappait une disgrâce pareille à la sienne :

— Cette démarche lui sera plus précieuse qu'un remerciement banal pour sa courageuse intervention de ce matin ! Il a sauvé ta fille, Aglarès : allons, ne sois pas à ton tour un ingrat !..... Acquitte ce que tu dois, s'il le faut refuser davantage !

Presque involontairement, il se trouva porté ainsi jusqu'à la ville, et apprit à la porte la nouvelle catastrophe : l'accident de la 356-B 6 et Jacques Frézal blessé.

Cette fois il n'hésita plus.

Sa sollicitude pour l'ami, un soupçon nouveau qui le hantait, sa curiosité d'apprendre, une sympathie puissante malgré ses anciennes rancunes, l'entraînèrent.

Il fut au salon, avant de s'être donné le temps de réfléchir, d'écouter les dernières résistances de son cœur aigri. Mme Elise Conty parut pour le recevoir.

Elle eut, en l'apercevant, un mouvement de surprise. Une joie remplit ses yeux, et ils se furent un instant tous deux, émus, troublés par tout ce que cette visite inattendue évoquait entre eux du passé — et de l'avenir peut-être !

— Merci ! dit, la première, la noble veuve. Je sens profondément, Monsieur le colonel, tout le prix de votre démarche ; et mon fils sera trop heureux d'avoir eu l'occasion de mériter de vous cette attention.

Il s'inclina avec un respect ému.

— Monsieur le colonel, reprit-elle, j'ai eu déjà le cruel et pourtant consolant devoir de vous apporter un jour les excuses de mon mari disparu. Il vous a plu de les agréer, sinon d'oublier tout à fait des torts qu'il n'était pas encore en mon pouvoir de réparer... Aujourd'hui mon fils se croit en mesure de compléter bientôt la réparation, et de vous prier d'attendre au moins la fin de cette guerre avant de condamner un sentiment qu'il ne savait pas d'abord devoir vous offenser.

— Je n'en suis pas offensé, Madame ; et le souci seul de l'honneur de mon nom.....

— Monsieur le colonel, à la veille des terribles événements que tout nous annonce, au nom de votre fille, en mon nom, je vous conjure, moi aussi, de différer seulement votre réponse. Laissez-nous, au milieu de tant d'angoisses, ce rayon d'espérance..... Que risquez-vous ? Et comment Daniel Conty, si la Providence ne lui vient en aide, oserait-il lui même renouveler après votre victoire sa demande, et, sans une éclatante satisfaction qui puisse forger vos plus justes susceptibilités, aspirer encore à la main de la fille du roi des airs ?..... A deux genoux, colonel, pour le bonheur de nos enfants, je vous demande ce délai, ce sursis ; et vous ne repousserez point cette plainte d'une femme et d'une mère, qui plaide coupable, hélas ! et pour un mort et pour son fils innocent !

Elle pleurait. A nouveau, le colonel s'inclina avec une émotion poignante.

— Madame, dit-il d'une voix qui frémissait d'effort contenu et d'un consentement forcé et muet... Madame, j'étais venu pour prendre aussi des nouvelles de notre ami Frézal, et pour vous demander de le voir si vous le jugez à propos.

Elle le remercia d'un regard éperdu.

Jacques souffrait beaucoup de son bras brisé ; il put entretenir longuement toutefois le colonel.

— Le médecin m'a interdit tout mouvement, et me voici cloué ici au moment d'une déclaration de guerre ; je ne pourrai partir. Adieu les rêves de combat et de gloire ! C'est ma vie, ma carrière, arrêtée, brisée à l'heure décisive et si longtemps souhaitée !

De grosses larmes roulaient dans ses yeux à lui aussi :

— Pauvre enfant ! dit le colonel... Et, pour comble, tu as souffert ce matin encore, par ma faute, de la part de Reine.

— Vous m'avez pardonné, mon colonel, cette petite supercherie ?

— Brave cœur ! Mais dis-moi, sais-tu, sais-tu le nom de celui qui me vient en aide aujourd'hui ? Est-ce par ton entremise, mon enfant, que cette fortune m'arrive ?

Embarrassé, Jacques Frézal eût voulu faire l'étonné, feindre de tout ignorer, afin de mieux garder son précieux secret. Mais les yeux du colonel fouillaient ses yeux.

— Je sais le nom, avoua-t-il en balbutiant.

— Alors, ah ! dis-moi la vérité ! dis-moi que tu ne t'es pas adressé à Daniel Conty !

— Mon colonel, je ne dirai rien du tout. Celui qui vous est venu en aide ne l'a pas fait pour vous et ne veut avoir qu'un nom dans votre esprit : c'est un fils aimant de la France !

— La France ! répéta le colonel.

Ces incertitudes, ce mystère, un doute sans cesse grandissant achevaient de l'accabler. Un frisson convulsif fit trembler visiblement sa moustache sur ses joues livides. Il salua militairement et dit d'une voix éteinte :

— Pour la France, même à *lui* ; dis-lui donc, Jacques Frézal, que le colonel Dominique Aglarès accepte, non son argent, mais ce moyen de victoire et la maîtrise des airs. Il restera le véritable propriétaire de la flottille de ses aéroplanes, je lui transmettrai par tes soins mon secret... et c'est moi, quel qu'il soit, qui suis à présent son obligé !

Jacques Frézal ne répondit point.

— Colonel, demanda-t-il seulement au bout d'une minute, me sera-t-il donné de vous revoir et de parler ces jours-ci à Mlle Reine Aglarès ?

— Reine viendra chercher de tes nouvelles ce soir, mon enfant, et tu me reverras tous les jours, jusqu'à ce que je puisse prendre, avec mon appareil, le large dans les airs !

IX

FIANÇAILLES

Quelques instants plus tard, Reine accourait à *la Reverdie*, avec Laura. Dans les rues de Viroflay, le tambour battait, des gens couraient ; des cris, des pleurs, des acclamations retentissaient de toutes parts :

— La guerre est déclarée ! la guerre est déclarée !... Tout le monde part... C'est

la mobilisation !... Quel malheur, mon Dieu ! Vive la France !

Reine, en arrivant à *la Reverdie*, se jeta en pleurant dans les bras de Mme Élise.

— Ma chère enfant, disait doucement la mère de Daniel, pour la première fois que vous entrez dans cette maison, c'est sous de bien tristes auspices. Mais ayons confiance en Dieu... Un jour, je l'espère, elle vous sera plus accueillante.

Elles trouvèrent Jacques Frézal souriant, sur son lit de blessé.

— Reine, dit-il, ne m'en veuillez pas. Malgré moi, mon rôle de fiancé par procuration commençait de me peser ; et c'est pourquoi j'ai demandé au colonel de vous voir... Écoutez ! c'est la guerre qu'on bat sous nos fenêtres... Reine, Daniel va partir, sa mère va rester seule. Ne voudrez-vous pas leur dire vous-même ce que je suis seul encore à avoir entendu ?

La porte du salon s'ouvrit. Daniel et Yves Guihen en uniforme attendaient les visiteuses.

— Monsieur Daniel, dit en rougissant la fille du colonel, je suis heureuse de pouvoir vous remercier enfin de ce que...

— Reine, interrompit le jeune homme, écoutez ! Il ne s'agit point de cela. Pardonnez-le moi, je vous aime. Je ne savais pas qu'un obstacle nous séparait... A présent, il faut nous attendre. Votre père en a décidé ainsi. C'était le verdict de ma propre conscience... Mais comme je partirais avec plus de courage et de confiance, si je savais que vous souhaitez vraiment mon retour et le succès de l'œuvre à laquelle j'ai voué, moi aussi, ma vie...

— Alors, interrogea-t-elle troublée, il est bien vrai que cet incendie, cet accident ne dérange en rien vos projets, Monsieur Daniel ?

— En rien, affirma-t-il avec un nouveau sourire. Je n'étudiais dans cet atelier que des projets de détail, des perfectionnements secondaires qui ne peuvent être d'aucune utilité à ceux qui en ont surpris le secret, et que mon départ eût laissés en l'état. J'aurais détruit moi-même ces essais avant de m'en aller, et l'espion inconsciemment a travaillé pour moi... Mon œuvre est sauve ailleurs, à l'abri de toute tentative...

— Adieu donc, lui dit-elle en lui tendant les deux mains. Allez, et triomphez ! Car mon cœur a tout deviné. Nous vous devons déjà tout, Monsieur Daniel Conty, mon père et moi. Achevez votre ouvrage. Devenez le roi de l'océan, le vainqueur des flots : la fille du Maître de l'air ne forme pas de vœu plus cher, et pour vous, et pour elle, et pour la patrie.

— Ma mère, bénissez-nous ! dit Daniel en menant sa fiancée à Mme Elise.

Cependant Yves Guiheu avait pris, lui aussi, la main de Laura Davesne :

— Mademoiselle, lui disait-il, saviez-vous que nous sommes pays ?... Toute jeune, vous avez quitté Bourg-de-Batz, et, depuis que vous y retournez chaque année aux vacances, je n'ai guère eu l'occasion de vous y rencontrer. Mais, tout enfant, j'ai connu au bourg le père François et votre mère... Vous avez sans doute entendu parler aussi du vieux Jordic et de la Marianne, de la closerie de Pimbrez, sur la côte, en face de la Roche-Brodée ?

— Comment ? Ce sont votre père et votre mère... Bien souvent, dans nos promenades, nous sommes montées avec Mlle Reine boire une tasse de lait à cette maison hospitalière... Comment ne savais-je pas leur nom ?

— Ce n'est pas la mode de Bretagne, où les noms de baptême et les surnoms ont cours plutôt que le nom de famille, vous le savez bien, Mademoiselle... Même, excepté pour eux, je vous prierai de ne point ébruiter votre découverte. Il y a, derrière, un secret qui n'est pas le nôtre...

— En effet, dans le pays, on se demande quel peut bien être le propriétaire inconnu de cette maison ouverte à tous et qui semble pour le reste si peu mystérieuse. Est-ce que ?...

— Chut !... Je ne suis qu'un pauvre quartier-maître ; et c'est pour un autre motif, Mademoiselle Laura, que je vous rappelais ce souvenir... Voyez ! Mlle Reine et M. Daniel semblent à présent si bons amis. J'espérais, moi aussi, avant de partir...

Ils s'étaient déjà compris, et, sans plus de paroles, leur accord fut conclu. Mais l'heure pressait :

— Hélas ! dit Yves Guiheu avec la soudaine mélancolie de sa race. Faut-il donc se quitter à peine heureux ? Vous prierez pour moi, Mademoiselle... Seulement, dans notre pays, ne vous souvenez-vous pas, Laura ? Les marins comme moi, lorsqu'ils s'en vont sur la grande mer, ont la coutume d'emporter un souvenir de celle qu'ils aiment...

Déjà Laura avait détaché la petite croix d'argent qui pendait à son cou :

— Yves Guiheu, dit-elle d'une voix émue, cette croix est vieille comme ma race. Filles et garçons, depuis des siècles, se la transmettent de la mort au baptême. Je la tiens de mon aïeule, et je ne vous la donne pas, Yves ; je vous la confie... Je veux la passer un jour à mes enfants.

— Et si je ne reviens pas !

— Vous reviendrez, vous me la rendrez le jour de notre mariage... A Bourg-de-Batz, où nous allons nous réfugier sans doute bientôt, je dirai à mon père, le vieux François : « Père, et vous, ma mère, c'est un marin de chez nous qui m'a demandé la croix que vous aviez mise sur mon cœur. » Et le père François, et ma mère, et les petits, mes frères et mes sœurs, tous se mettront à genoux et prieront pour Yves Guiheu sainte Anne d'Auray, la bonne patronne. Elle vous ramènera, mon ami... J'irai embrasser aussi, là-haut, à Pimbrez, Marianne Guiheu, votre mère... et la mienne !

— Mes enfants, disait à ce moment à Daniel et à Yves la voix sereine de Mme Elise, dans le silence du grand salon, mes enfants, il est l'heure... A Dieu ! Je vous confie à sa grâce... N'oubliez pas de prier aussi pour nous. Les plus malheureux sont ceux qui restent... Embrassez-nous.

Ils échangèrent ce suprême adieu.

Une voiture vint se ranger au perron. Yves et Daniel y prirent place. Elle démarra, au milieu d'une foule accourue pour saluer au départ les deux marins.

Trois femmes à la grille laissaient couler leurs larmes ; la voiture fila, et la foule à nouveau criait inlassablement :

— Vive la France !

— Jacques, dit Reine au blessé avant de prendre congé, je reviendrai. Nous vous guérirons vite... Vous aussi, vous pourrez rejoindre votre poste.

— Merci ! dit-il avec une résignation héroïque et soudaine, soulevé par le grand souffle d'abnégation qui d'un bout à l'autre secouait à ce moment la France. Mais qu'importe ? Je suis le sacrifié... Il y a les morts de la première heure : leur part est belle autant que celle des derniers. Ils ont servi... A bientôt, Reine !

X

GÉNÉRAL

Reine Aglarès cependant ne devait pas revenir au chevet de Jacques Frézal ; le colonel, malgré sa promesse, ne devait plus remettre les pieds sur le seuil de *la Reverdie*.

Les soins maternels de Mme Elise allaient rester seuls au blessé !...

— Il est parti ? avait demandé Dominique Aglarès à sa fille, au retour.

— Oui, mon père.

Le vieux soldat songea alors que les flottes confédérées du Nord étaient du double plus puissantes que celles de la Ligue latine. Il craignit que le jeune homme ne revînt jamais, et n'interrogea pas davantage.

La nouvelle officielle de la déclaration de guerre l'avait à nouveau jeté dans un accablement profond. Malgré les espoirs prochains et la certitude d'intervenir bientôt, son désœuvrement, l'attente, le souvenir de son premier appareil, anéanti à l'heure même de l'expérience décisive, tout contribuait à assombrir ses pensées.

Sur terre, les effectifs italiens, espagnols et français, étaient loin aussi d'égaler la masse énorme des contingents allemands et russes. La bravoure suppléerait-elle au nombre ? Que n'eût-il pas donné pour parer, dès le début, à ces hasards, aux boucheries des batailles, par une intervention toute-puissante qui forcerait la main des ennemis, les obligerait à capituler, sans avoir porté même un premier coup de leur redoutable épée dans la chair vive de la patrie ?

— Prions, ma chère petite !.. De tout ton cœur, va, prie... pour lui, si tu le veux. Et qu'il soit plus heureux que moi ! Vous partirez pour Bourg-de-Batz, Laura et toi, dès que je pourrai gréer mon nouveau dirigeable... Je croyais que ces quelques jours de répit me seraient si doux ! Qu'ils me pèsent à présent !... Chaque heure qui s'écoule risque de coûter si cher au pays ! Heureux ceux qui combattent !

Ils prolongèrent fort avant dans la nuit leur veille d'appréhensions et de prières, souhaitant avec fièvre maintenant des premières nouvelles, envisageant avec épouvante les longs mois, pareils à ce jour d'angoisse, qui s'ouvraient devant eux.

A tout hasard, ils faisaient leurs préparatifs de départ.

Une visite les surprit en pleine nuit.

On frappait avec violence à la porte des *Glaïeuls*.

Le colonel alla ouvrir.

Un officier d'ordonnance du ministère demandait d'être introduit ; il s'excusait d'arriver à cette heure tardive, mais sa mission était urgente :

— Général, disait-il, je viens vous chercher.

— Hélas ! répondit avec tristesse à cet appel l'ancien directeur des Coteaux, qui crut à une méprise, je ne suis que le colonel Dominique Aglarès !

L'autre tendit en souriant un pli officiel :

Ordre au général Dominique Aglarès, replacé par décret présidentiel en activité de service, de rejoindre immédiatement le parc aérostatique des Coteaux, dont il reprendra la direction

ainsi que le commandement supérieur de l'escadrille nationale des dirigeables militaires. Les aéroplanes *Aglarès*, actuellement en chantier, sont agrégés d'avance par le gouvernement aux unités de combat existantes. — Des instructions suivent.

Le ministre de la Guerre.

— Général !.. murmura Dominique Aglarès en passant les deux mains sur son front. Ma pauvre Reine !...

— Général, reprit l'envoyé du ministre, il faut vous hâter. Les Allemands ont franchi ce matin la frontière, et la flotte germano-russe, après avoir coulé deux de nos destroyers éclaireurs, est en route sur Brest.

DEUXIÈME PARTIE

PIMBREZ

I

LE MAJOR HANS STAUB

Au petit jour, le major Hans Staub fit appareiller la flottille du parc des Coteaux.

Il avait hâte de partir. Son double mauvais coup de Viroflay ne laissait pas de l'inquiéter. Il précipitait avec fièvre l'accomplissement de ses derniers desseins. Il voulait conduire le plus tôt possible à sa perte le terrible armement dont il avait la direction.

Car c'était bien en réalité le meilleur enjeu de la France, dans la lutte qui venait de s'ouvrir. La Ligue latine avait dans les airs, sinon sur mer et sur terre, une incontestable supériorité.

Il fallait donc priver la France de cette redoutable escadre d'abord, et l'Allemagne avait fait choix, pour cette œuvre de trahison, du major Hans Staub. Depuis dix ans, ce Juif vendait ceux qui l'avaient accueilli. Car la comédie de sa désertion avait été réglée par l'état-major impérial. Accusé et réellement convaincu d'indélicatesses devant un Conseil de guerre de Berlin, au moment de sa disgrâce, l'ancien directeur de l'École centrale des aérostiers prussiens avait eu le choix entre la prison perpétuelle et ce vil service d'espionnage. Il n'avait pas hésité ! Son honneur n'avait plus rien à souffrir !

Dix ans il avait été le chef du service organisé de surveillance prussienne à Paris. Il était parvenu, à force d'intrigues secrètes, à supplanter son ancien chef, le colonel Dominique Aglarès : et l'heure de la revanche venait de sonner pour lui !

Non qu'il n'eût eu des hésitations. Il savait en vérité que, dans sa patrie d'origine, jamais la morgue aristocratique ni la loyauté parfaite des soldats de carrière ne lui permettraient de reconquérir, même par les plus éclatants services, une situation égale à ses ambitions. Qui sait si, chez ceux qu'il trahissait, il ne finirait pas par se pousser si haut, qu'il vaudrait mieux consentir à se ranger véritablement de leur bord ?

Il avait eu connaissance, par lui-même ou par son service d'informations, des travaux définitifs d'Aglarès et des espérances de Daniel Conty. La France, grâce à ces deux hommes, ne risquait-elle pas de rester maîtresse des luttes prochaines ? Hans Staub n'avait aucun goût de fidélité envers les vaincus.

L'incertitude du coup de main qu'il lui fallait tenter pour débarrasser ses véritables maîtres, au dernier moment, d'Aglarès et de Conty, son fol amour surtout pour la fille du Maître de l'air, l'avaient fait un instant hésiter. Mais on avait repoussé ses avances. Hurrah pour l'empereur !

Au surplus, ses complices de Berlin le tenaient, et, en cas de revirement, n'auraient pas de peine de le perdre par la divulgation de l'intrigue ourdie d'abord.

Il s'était décidé à aller jusqu'au bout.

Mais l'inquiétude lui venait, ce matin, des vestiges de sa voiture abandonnée à une enquête facile sur la route de Viroflay ; et sa mauvaise humeur éclatait, au parc des Coteaux, en ordres brefs et incohérents :

— Vire à gauche ! Largue à paror ! Pointez en avant !

Les aérostiers n'en pouvaient mais. Ils ne savaient où donner de la tête, déroutés par la multiplicité des commandements contradictoires.

Les officiers regardaient le major, d'un air étonné et mal content.

La manœuvre cependant s'effectuait. Les dix aéronats de l'escadrille, sortis de leur hangar, se rangeaient peu à peu au centre du parc. Chaque équipe mettait la dernière main à l'appareillage. Le mécanicien inspectait le moteur. Le pilote s'assurait du bon fonctionnement du gouvernail, l'artificier vérifiait le nombre et l'état des projectiles, les ouvriers assujettissaient les cordages.

Les ordres, pour le départ, se donnaient par sonneries de clairon.

Le major Hans Staub, les deux mains derrière le dos, parcourait le front de bataille, courbant sa haute taille sous le poids d'un sombre dessein. D'un geste machinal, il fourrageait son épaisse barbe noire ; et tous recevaient des reproches :

— Aucun dirigeable n'était en état. Rien n'était prêt, et l'on partait !...

Il fallait, en manière d'entraînement, que chaque ballon gagnât la frontière et le théâtre des hostilités par ses propres moyens.

Le moment du lâchez-tout approchait.

Le major ordonna qu'on doublât le nombre des projectiles qu'il avait emmagasinés dans le *Juliot*, qui portait son pavillon : le plus beau, le plus puissant et le plus rapide de tous les dirigeables de la flotte aérienne.

Il y monta, en compagnie d'un pilote et d'un artificier choisis par lui : ses deux âmes damnées, à la solde de la même puissance.

Tout était prêt enfin !

Une émotion soudaine et profonde s'empara de tous les équipages.

Il ne s'agissait plus, cette fois, d'une croisière d'expérience, d'une manœuvre pacifique, sans danger immédiat. L'on partait pour de bon ! L'on s'en allait au duel à mort contre un ennemi puissant, armé lui aussi en guerre. Il faudrait tenir, malgré les obus, dans le vent, contre la tempête au besoin, jusqu'à l'agonie, dans l'espace insondable !

Les grands oiseaux créés par le génie de l'homme allaient s'élancer dans le ciel de France et d'Allemagne, les uns au-devant des autres ; et la victoire serait au dernier, à l'unique, qui ne tomberait pas et planerait, là-haut, plus haut et plus longtemps que les autres pour les accabler.

Dans les fastes du monde, jamais combat pareil ne s'était encore livré, et tout l'avenir en parlerait longtemps. Honneur aux vaillants, aux victorieux, aux premiers conquérants des nuées !

— Garde à vous ! ordonna la sonnerie des clairons qui retentit dans le vaste amphithéâtre des Coteaux, aux échos sans nombre.

— Aux moteurs !

On entendit le ronflement sourd des machines.

— Larguez les amarres !

Les ballons s'élevèrent lentement, retenus par la seule corde qui se déroulait au treuil d'attache.

Le *Juliot* montait plus vite.

Une estafette entra soudain au grand galop dans la cour du parc, brandissant un pli.

— Ordre du ministre de la Guerre! criait-elle. Suspendez le départ !

Le clairon sonna l'atterrissage.

Les ballons redescendirent.

Le *Juliot* seul suspendit à regret son vol.

— Qu'est-ce donc ? interrogeait du haut de la nacelle le major Hans Staub.

On lui tendit le message :

Le major Hans Staub est relevé de son poste de commandant en chef des aéronats militaires, et mandé d'urgence près du ministre de la Guerre.

Le traître comprit tout!

Pas un muscle de son visage ne bougea.

— Ce n'est rien, cria-t-il aux manœuvriers du treuil électrique. Lâchez tout.

Mais un autre officier arrivait à toutes brides, entouré d'un brillant état-major. Il contremandait la manœuvre, et Hans Staub le reconnut.

C'était le général Dominique Aglarès !

Le traître était deviné.

Alors il donna à ses deux acolytes un ordre bref... Les hélices du *Juliot* se remirent à tourner ; le dernier filin qui le retenait se tendit, le major le brûla d'un coup de revolver. Le ballon s'éleva d'un bond dans le ciel.

Dominique Aglarès comprit que la trahison se consommait. Un éclair brilla dans ses yeux; dressé sur ses étriers, il cria aux équipages :

— Officiers et soldats, à vos postes ! Hans Staub était un traître, et la bataille commence avant l'heure que vous aviez prévue !... Vous me connaissez. En avant ! Plusieurs d'entre nous ne reviendront pas de ce premier combat. Je salue d'avance en vous ces héros !

Son épée brilla dans le clair matin, et il s'élança dans la nacelle du *Vengeur*, le second ballon de la flottille.

Presque aussitôt, un obus tombait du *Juliot* et faisait éclater la *Gloire*. D'autres projectiles suivirent. Les explosions se multiplièrent.

Avant d'avoir pu prendre le large, la flottille aérienne était anéantie. Les cris des blessés, les clameurs de rage des survivants, les équipages renversés, dix incendies remplirent le parc d'une confusion sans nom.

Un seul dirigeable avait échappé à l'abominable trahison : et c'était le *Vengeur*.

Sous la direction de Dominique Aglarès, il s'était enlevé et venait de s'enfuir, jugeant la lutte trop inégale, de toute la force de son moteur, afin d'échapper au désastre et de sauver au moins une unité de la flottille détruite. Avant que le *Juliot* ait achevé son œuvre de mort, il avait disparu déjà à l'horizon.

Mais le ballon du traître était le plus puissant et le mieux armé ; il prit la piste et s'élança à la poursuite du *Vengeur*.

Les aérostiers du parc, retrouvant leur sang-froid, avaient mis en batterie leurs pièces spéciales. Ils tirèrent à toute volée.

C'est déjà trop tard !

Hans Staub était hors de portée ! Et le jour même, la terrible nouvelle, d'un bout de la France à l'autre, se répandit par la télégraphie et les éditions spéciales de la presse, comme un présage sinistre, jetant le deuil, le désarroi d'une défaite irréparable et prématurée.

Les automobiles lancées sur la trace des ballons en fuite avaient dû renoncer à la poursuite, égarées par les mille feintes des deux rivaux. On en était réduit aux conjectures.

II

DÉSERTEUR

Cependant Reine et Laura attendaient, désespérées, à la villa des *Glaïeuls*. Il avait été décidé qu'elles ne partiraient qu'après avoir reçu de Dominique Aglarès son suprême adieu et la nouvelle de son embarquement au parc des Coteaux. Elles avaient différé jusque-là leur dernière visite à *la Reverdie*.

Rien n'était venu.

N'étant pas sorties, elles n'avaient pas même su la navrante nouvelle, que criaient déjà les camelots dans la rue. Personne n'osait la leur apprendre.

Mais un autre chagrin obligea Reine à sortir enfin de sa retraite.

L'on était au second jour de la mobilisation.

La flotte hispano-italo-française s'était apprêtée, dès le matin, à lever l'ancre, en rade de Brest. Depuis une semaine déjà, toutes les permissions étaient suspendues, tous les congés rapportés, les équipages consignés. L'enseigne de vaisseau Daniel Conty avait reçu lui-même à *la Reverdie* plusieurs télégrammes de rappel, auxquels il n'avait pas répondu.

Une grande animation régnait à bord des vaisseaux, rangés en ligne de combat. On attendait l'ordre de marche à l'ennemi et le branle-bas de la bataille.

Sur le cuirassé *Courbet*, le capitaine de Margemont appela l'officier de quart.

— L'enseigne Conty n'a pas encore rejoint le bord, demanda-t-il.

— Non, capitaine.

— Et le quartier-maître Yves Guilieu ?

— Absent.

— C'est bien..... Le délai réglementaire est dépassé, et c'est un mauvais exemple que je ne saurais tolérer dans les circonstances présentes. Ils seront inculpés de désertion ; je vais télégraphier à Paris et dans les gendarmeries de leur résidence : et quelle que soit la protection dont ils se couvrent, il faudra cette fois qu'ils rendent raison !

La mauvaise humeur du capitaine se donnait libre cours, et le service irrégulier de ses deux subordonnés, qui l'avait souvent indisposé, se changeait à la fin à ses yeux en délit avoué.

Soit oubli au milieu du désarroi général, soit réticence voulue, le ministère de la Marine n'avait rien communiqué au commandant du *Courbet* de ses instructions spéciales à l'égard du jeune officier.

Il était 10 heures ; les amiraux tenaient conseil.

Les machines sous pression grondaient dans les carènes d'acier. Les canons braquaient aux meurtrières des tourelles leurs gueules menaçantes, prêtes à vomir le feu et la mort. La flottille des sous-marins était partie en reconnaissance. Les torpilleurs croisaient en haute mer.

Midi sonna.

Soudain, il y eut comme un frémissement dans l'air. Les antennes des appareils de la télégraphie sans fil vibrèrent. Une onde mystérieuse passa sur les vaisseaux. Tous les récepteurs à la fois avaient enregistré la dépêche fatidique :

Les Allemands ont passé la frontière française.

La flotte ennemie est à la hauteur du Havre. Appareillez.

Les ancres furent partout levées. Un cri formidable emplit la rade, répercuté des quais aux passerelles et des équipages à la foule, amassée sur le port pour saluer nos navires au départ.

Toute l'escadre italienne criait :

— *Evviva Vittorio !*

La flotte espagnole acclamait :

— *Viva el rey !*

Et l'écho formidable de la multitude répondait de là-bas :

— Vive la France !

Puis il y eut un moment de calme. Les hautes cheminées jetèrent seulement une fumée plus épaisse et plus noire. Des flammes coururent, en signaux rapides, aux cordages. Lentement la ligne formidable des cuirassés s'ébranla sur les eaux calmes et limpides.

Le capitaine du *Courbet* avait réuni sur le pont tous les hommes que ne retenait pas la manœuvre ; et de sa voix forte et brève, il avait lu l'ordre du jour suivant :

Officiers, officiers mariniers, quartiers-maîtres, marins, la guerre est déclarée. Nous allons au combat. Dans quelques heures peut-être nous prendrons contact avec l'ennemi. Honneur à ceux qui feront vaillamment leur devoir !

Quant à ceux qui demeurent, lorsque la patrie les appelle, honte sur eux ! L'enseigne de vaisseau Daniel Conty et le quartier-maître Yves Guilliou n'ont point rejoint leur poste dans les délais fixés ; tous deux seront considérés désormais comme déserteurs et passibles du Conseil de guerre.

Pour nous, nous aurons à cœur de réparer par un courage plus inébranlable encore la trahison des faibles et des lâches. Officiers, officiers mariniers, quartiers-maîtres, marins, je compte sur vous. Il n'y aura pas d'autre défection à bord du *Courbet !*

L'attitude de l'équipage témoigna à cet égard de la résolution générale : et l'escadre disparut peu à peu à l'horizon.

Mais la nouvelle de la désertion de Daniel Conty et de son compagnon volait en même temps vers Viroflay. Elle frappa *la Reverdie* comme un coup de foudre.

Non que la foi de Mme Élise en son fils fût ébranlée ; mais cette méprise n'avait pas été prévue. L'effet en était considérable sur la population, vite au courant dans ces bourgs étroits. L'opinion, de plus en plus ahurie par toutes ces histoires de trahison, ne savait plus qu'imaginer. Pour un peu, l'incendie de la veille eût passé maintenant pour une supercherie, un coup monté par la victime.

Des cris hostiles retentissaient déjà à la grille, quand un brigadier de gendarmerie mit pied à terre devant le perron.

— Votre fils, Madame, est-il ici ?

— Non, Monsieur.

— Pourriez-vous, Madame, nous indiquer sa résidence actuelle ?

— À son poste de combat, Monsieur. N'est-il pas officier ?

— Madame, votre fils n'est pas, comme vous le pensez, à bord du *Courbet*, et si vous n'avez aucune excuse à nous donner de sa part, c'est qu'il a déserté !

Mme Élise Conty se redressa toute droite.

— Il n'a point déserté ! Cela, je puis le jurer sur mon salut ! Quant à vous dire où il se trouve en ce moment, je l'ignore ; mais il fera son devoir..... Je ne crois pas avoir autre chose à vous dire.

Elle voulut cependant avoir à ce sujet l'avis de Jacques Frézal :

— De grâce, Madame, conseilla le lieutenant lui-même, gardons le secret de Daniel!

Le brigadier dut partir, assez mécontent, sans obtenir davantage.

Et le bruit de cette désertion s'accrédita si vite et si fort parmi les gens de Viroflay, qu'il arriva bientôt aux oreilles de Reine jusqu'aux *Glaïeuls.*

Rien ne put alors la tenir de courir à *la Reverdie*, de se jeter à nouveau dans les bras de Mme Élise.

— Ah ! lui dit-elle en rougissant, je vois bien que je ne pourrai plus longtemps me passer de vous nommer ma mère. Mon père n'est plus là ; aucune nouvelle de lui n'arrive, et.....

— Et vous avez appris, Reine, l'accusation qu'on porte contre mon fils ?

— Ma mère, me voilà toute pour vous dire combien je n'y crois pas !

— Ma chère enfant !...

Elles restèrent longtemps enlacées. Mme Elise avait les yeux pleins de larmes en répétant :

— Merci !

Elle ajouta pourtant avec un sourire :

— Comme vous l'aimez bien !

Reine rougit encore, mais l'entrée de Jacques Frézal, le bras bandé, les arracha à cette émotion.

Il venait, hélas ! d'apprendre à son tour la nouvelle de la surprise du parc des Coteaux.

L'on imagine assez l'angoisse de Reine Aglarès ; mais les dernières informations des journaux étaient plus rassurantes.

Le *Vengeur*, paraît-il, avait réussi à gagner l'abri d'un fort, dont le *Juliot* n'avait pas osé affronter le feu des grosses pièces. D'après la direction du ballon, on disait que le major Hans Staub avait dû gouverner immédiatement vers la frontière, ne pouvant se réapprovisionner sur place.

Le général Dominique Aglarès avait sauvé la dernière unité de la flottille aérostatique française ! Il semblait hors de danger lui-même. Sa fille, à deux genoux, remercia Dieu de sa protection.

Cependant, la nuit était venue depuis quelque temps déjà. Soudain, un grand bruit s'éleva. Des gens accouraient de toutes parts à *la Reverdie*. On avait vu, au-dessus des *Glaïeuls*, évoluer un dirigeable qui lentement descendait vers le hangar et le palier de l'aéroplane.

— Mon père ! s'écria la jeune fille.

Laura était restée là-bas, les domestiques étant congédiés. Reine se hâta pour la rejoindre.

Et le lieutenant Jacques Frézal, poussé par il ne savait quel pressentiment, la suivit bientôt.

III

JACQUES FRÉZAL

Le général Aglarès, échappé à la poursuite du *Juliot*, avait résolu de gagner les *Glaïeuls* au crépuscule.

— De deux choses l'une, en effet, ou le major Hans Staub m'a échappé, ou je le retrouverai là !... Maintenant, le son de ses dernières paroles à Virollay me revient à l'oreille : « Mademoiselle, vous me reverrez bientôt ! » Et je revois son sourire sarcastique en prononçant ces mots-là !... Ah ! le misérable ! N'est-il pas capable de tout !... Mais, dans la nuit, j'ai chance de le combattre à armes moins inégales... Hâtons-nous pour le prévenir et le surprendre à son arrivée.

Aux premières ombres du soir, il quitta donc l'abri du fort où il s'était réfugié et mit le cap sur sa maison.

... A ce moment, Laura, très affairée, profitait de l'absence de Reine pour achever les préparatifs du départ.

Elle entendit tout à coup le bruit d'un ballon dans le palier, et elle eut la même pensée que Reine.

— C'est le général !

Ce n'était pas le général, c'était Staub ! Staub qui réalisait les prévisions de Dominique Aglarès et qui le devançait aux *Glaïeuls* !

Le traître s'était débarrassé de ses deux auxiliaires qu'il avait envoyés à d'autres besognes, et il était revenu seul pour accomplir son œuvre de vengeance.

Lorsqu'il eut sauté de la nacelle, le major se précipita vers la maison.

Laura accourait. A la vue de l'Allemand, elle poussa un cri d'effroi, mais lui déjà s'était lancé sur elle et l'avait terrassée.

La jeune fille sentit l'anneau froid d'un canon de revolver sur sa tempe :

— Où est ta maîtresse ? questionnait le misérable.

Elle ne répondit rien.

Si elle eût pensé qu'il pût la croire, elle eût dit :

— Partie avant moi, à Bourg-de-Batz, en Bretagne.

— Réponds, reprit le major, ou je te tue comme une chienne.

Elle ferma les yeux, s'obstina à se taire, prête à mourir pour sauver son amie.

Une lueur de rage froide passa dans les yeux du monstre ; mais cet entêtement l'avait vaincu. Il haussa les épaules et grogna :

— Tais-toi donc, ma belle ! Aussi bien ce n'est pas à toi que j'en voulais, et je ferai sans toi ma besogne... Seulement je t'emmène aussi de peur que tu ne bavardes. J'ai besoin de lest. Et si l'occasion s'en présente, tu passeras par-dessus bord, de cent mètres de haut !...

Il l'emporta, garrottée et évanouie, dans la nacelle, puis revint se poster à l'entrée des *Glaïeuls*, prêt à fuir ou à attaquer, selon celui qui, le premier, entrerait.

Ce fut Reine qui arriva presque tout de suite, en courant.

Et elle criait dès la grille :

— Mon père !... Mon père !...

Elle se précipita joyeuse, confiante, et

soudain elle se trouva face à face avec Staub, la face hérissée et livide, le revolver à la main.

Le traître eut une minute d'atroce triomphe ! Il fit un pas. Sa main s'abattit sur l'épaule de Reine, qui, paralysée par l'épouvante, n'avait plus la force de jeter un cri.

— Ah ! c'est vous, vous enfin !... Vous qui m'avez repoussé, qui vous jouiez de moi, qui me croyiez loin déjà ! Je ne lâche pas ainsi ma proie !... Je vous aime, moi, je vous aurai !... Un peu plus, vous me poussiez à la pire des sottises ; et c'est pour vous encore que je suis ici, à la merci d'une surprise, quand je devrais m'être mis à l'abri de l'autre côté de la frontière... Mais je me vengerai. Je vous tiens, je vous tiens ! Ne criez pas ! Ne me forcez pas aux grands moyens... Je vous emmènerai seulement là-bas : et vous m'y aimerez, bon gré mal gré ! La France est perdue. Ce n'est plus qu'une Pologne à partager pour la curée ! Je retiens d'avance ma part, et voilà tout ! Jamais plus vous ne reverrez votre beau fiancé !

Il essaya de l'entraîner.

Mais Reine était fille de soldat. Déjà elle s'était retrouvée. Elle fit une vaillante résistance.

— Tuez-moi... Tuez-moi plutôt ; mais je ne vous suivrai pas.

La nuit était tout à fait venue. Dans cette maison sans lumière, entre cette jeune fille et ce colosse, il y eut une lutte sauvage. Staub finit par l'emporter.

Reine fut terrassée à son tour, liée et jetée dans la nacelle.

Mais le major avait perdu dix minutes. Jacques Frézal arrivait, Jacques Frézal entrait aux *Glaïeuls*.

A la vue de la maison déserte et des meubles renversés dans le couloir, qui témoignaient d'une lutte récente, le lieutenant se précipita dans le jardin. Il aperçut un homme qui fuyait vers le ballon : il reconnut Hans Staub ; il vit Reine évanouie dans les bras du traître !

L'indignation et la colère le soulevèrent, et il touchait au dirigeable presque en même temps que le Judas.

Celui-ci n'avait rien vu, et lorsque, empoignant le volant de direction, il se retourna pour crier à la terre de France un adieu de haine et de triomphe, le lieutenant sautait en face de lui, son épée à la main gauche, l'autre bras en écharpe.

Hans Staub eut un rire méprisant devant ce piteux adversaire. Il braqua son revolver. Mais le ballon s'élevait. N'étant point gouverné, il voguait par brusques embar-

dées, enlevé par le vent, projeté à faux par les hélices.

La première balle de Staub manqua le but.

D'un coup prompt, encore que mal assuré, Jacques Frézal riposta et lui entailla la main.

Le revolver tomba des doigts meurtris.

Le traître poussa un rugissement. Il se ramassa pour bondir.

Mais Jacques Frézal était déjà sur lui, l'épée prête à le traverser.

— Rendez-vous ! ordonnait le lieutenant.

Hans Staub recula, cherchant une arme, un moyen de défense.

La pointe du glaive piqua sa poitrine, le major se sentit vaincu !

Il tenta, par un brusque mouvement de côté, de se dégager, mais il se prit dans un cordage, il trébucha sur les genoux.

Jacques, d'un bond, ramassa le revolver et, se jetant sur l'Allemand, le renversa complètement.

Puis, appuyant le canon sur la tempe du Juif, il commanda :

— Vous allez prendre le gouvernail... nous ramener à terre ; à la moindre révolte, je vous tue comme un chien... Allez !

Hans Staub frémit... Mais il comprit que la menace était sérieuse...

Il se releva... Le terrible canon ne quitta point son front.

Courbé comme un chien sous le fouet, il fit un pas... Jacques Frézal s'avança, lui aussi.

Hans Staub saisit le volant... Le ballon se cabra, mais, maté, il obéit et redescendit.

Or, à ce moment, on entendit au-dessus, dans le ciel sombre et fermé, un ronflement sourd, comme un battement d'aile d'un oiseau mystérieux et vengeur... et presque aussitôt un sifflement aigu coupa l'air, une détonation sèche retentit. Il y eut un déchirement dans l'enveloppe du *Juliot*. Le gaz fusa par une double plaie.

Jacques Frézal comprit.

Tenant toujours le major sous la menace de son arme, il cria de toutes ses forces, face à la nuit sourde et muette :

— Colonel !... Colonel !... cessez le feu ! C'est moi, Jacques... Votre fille est ici !... Le Staub est prisonnier !...

Mais déjà un nouveau boulet atteignait le *Juliot*, et cette fois dans ses œuvres vives. L'hélice fracassée sonna lamentablement ; le vent reprit sa proie, et Hans Staub, les bras croisés, eut un rire sinistre.

— Colonel !... colonel ! criait Jacques avec désespoir.

Le ballon, dont l'âme était morte, bondit dans l'espace.

— Mon père ! clama, stridente et tragique, la voix de Reine qui était revenue à elle et qui, avec Laura, assistait, muette et terrifiée, au drame qui se déroulait sous leurs yeux.

Dominique Aglarès enfin entendit. Il interrogea lui-même à son tour.

— Jacques !... Est-ce bien vrai ? Parle encore !... Parle-moi, Reine !... Parle, Laura, que je reconnaisse votre voix !

Les deux jeunes filles alors crièrent de la nacelle d'une voix d'épouvante, emportées dans ce cauchemar vivant, à tous les souffles du gouffre noir, infini, en plein mystère de l'ombre et du ciel. Dans la nuit, elles fermaient encore les yeux pour ne plus voir ce néant où elles se sentaient suspendues.

Par bonheur, le *Vengeur* alluma ses fanaux. Les projecteurs électriques éclairèrent dans les airs le désarroi du *Juliot*. Hans Staub, toujours immobilisé par le canon de Jacques Frézal, jouissait de la revanche inespérée que lui assuraient les événements. Il allait périr, mais avec lui l'épave tragique allait emporter dans la nuit, vers la mort, et Reine et Jacques et Laura, et — suprême ironie — cette catastrophe qui le vengeait était l'œuvre de Dominique Aglarès !

Le traître, cependant, savourait trop vite cette amère et diabolique joie.

Le *Vengeur* se rapprochait. Il accostait le dirigeable désemparé, les deux nacelles se rangeaient presque côte à côte, et, tant bien que mal, le général essayait de remorquer le *Juliot* en détresse.

Lentement, les deux dirigeables se rapprochèrent du sol de concert; mais le *Juliot*, imparfaitement guidé, descendait plus vite par brusques ressauts. Un vent violent commençait de s'élever et rendait pénible l'atterrissage.

Le ballon désemparé enfin toucha la terre ; mais soudain, emporté par une rafale plus violente, il se cabra, échappa au *Vengeur*, et donna dans un arbre.

La nacelle se renversa.

Jacques et les deux jeunes filles, culbutés dans les branches, restèrent suspendus entre ciel et terre, cependant que le *Juliot*, allégé tout à coup, filait dans la nuit et la tempête, épave sans volonté ni direction, là-haut, vers l'Ouest, vers la mer, vers l'inconnu !

Hans Staub, accroché désespérément à un câble de fer, était resté dans la nacelle.

Il échappait à ses ennemis.

Le *Vengeur* cependant accostait.

Jacques, Reine et Laura furent délivrés. Mais Dominique Aglarès eut un cri de rage en apprenant la disparition de son adversaire :

— Il faut que je le retrouve, que je l'empêche de commettre de nouveaux crimes ! Il ne peut aller bien loin. Hans Staub, à nous deux ! ... Je pars... Adieu... Reine !... Jacques, conduis-les à la gare. Qu'elles prennent le train tout de suite ! Elles ne sont plus en sûreté ici... Mène-les chez François Davesne, le père de Laura, à Bourg-de-Batz... Adieu... Adieu !...

Le *Vengeur* repartait déjà. Il s'élançait à son tour dans la nuit mystérieuse, où grondaient des mugissements d'orage, à la poursuite du ballon disparu.

Les jeunes filles durent s'éloigner, transies d'horreur et d'angoisse, l'âme terrifiée par ce premier épisode de la grande lutte internationale, qui commençait pour elles, par ces rivalités et ces vengeances particulières.

Et Jacques, considérant son bras meurtri et impuissant, songeait, en les ramenant à la station pour le passage du prochain express :

— Je ne les reverrai plus, je reste ! c'est cette fois que je vais me retrouver seul et sans but dans cette triste vie ! J'avais rêvé de beaux exploits et d'héroïques dévouements, et je tombe, avant même la bataille, sans gloire et sans profit ! Voilà le pire sacrifice, et je suis voué au sort des victimes !... Adieu, Reine !... Au revoir, Mademoiselle Laura ! Priez pour un inutile, pour l'estropié de la première heure !

Il revint à *la Reverdie* avec ces mornes pensées. Les nouvelles de la guerre, d'ailleurs, n'étaient pas faites pour lui rendre son courage. Nos affaires allaient mal sur terre, et les premières rencontres de frontière semblaient favorables aux impériaux. C'étaient la défaite et les soucis rongeurs de l'inaction.

Mais une dépêche arriva deux jours après; elle venait de Bourg-de-Batz :

Si blessure permet, accourez vite. Ai besoin pressant de vous. — Reine Aglarès.

Le lieutenant Jacques Frézal s'embarqua aussitôt. Mme Elise, doublement inquiète de cet appel, l'accompagnait.

La *Reverdie* et les *Glaïeuls* restèrent abandonnés parmi les villas et les bosquets de Viroflay.

IV

PREMIÈRE VICTOIRE

La veille, un premier combat naval s'était livré au large de Brest.

Les flottes alliées n'avaient pas encore perdu de vue la côte, que les antennes télégraphiques avaient à nouveau frémi sur les vaisseaux de l'escadre. Mais l'ordre cette fois ne venait point de l'amirauté, et l'avis mystérieux émanait d'un personnage plus mystérieux encore, inconnu et sans mandat :

Rentrez en rade. Un guet-apens vous est tendu. Vos torpilleurs surpris ont laissé passer l'ennemi. Les sous-marins hostiles vous entourent. Préparez-vous à l'attaque. — Capitaine Rex.

Quel était ce capitaine, qui dictait ainsi leur marche aux trois flottes liguées, qui possédait la clé de la télégraphie chiffrée, et dont personne pourtant n'avait jamais entendu parler ? D'où lançait-il cet avertissement : de la terre ou de l'eau, du haut du ciel ou du fond de l'océan ?

L'avis, cependant était grave ! Qu'il émanât d'un traître ou d'un ami, la prudence s'imposait.

Il y eut un flottement sur la ligne de combat. Les capitaines hésitants attendaient des ordres. Ces ordres vinrent.

L'amiralissime Rozès, averti par le ministre de la Marine que le capitaine Rex était chargé d'une mission secrète et qu'il fallait tenir compte de ses avis, fit stopper les machines. La bataille était imminente. Tous devaient être prêts.

A trois milles en mer cependant, les vigies venaient de signaler une sorte d'immense drapeau tricolore qui paraissait flotter sur les vagues. Cette nappe colorée s'avançait au-devant de la flotte.

En même temps — plaisante ironie ! — les torpilleurs dont le capitaine Rex signalait la disparition apparaissaient à l'horizon, en bon ordre, pavoisés à nos couleurs. Les officiers avec leurs lunettes les reconnaissaient et les comptaient. Il y eut une détente parmi les esprits alarmés déjà.

Mais tout à coup, une détonation sourde retentit au loin, et l'un des bâtiments qui s'approchaient se souleva sur les flots. Une gerbe d'eau, de feu et de fumée monta de l'océan : et le torpilleur s'engouffra dans le tourbillon.

Un cri s'éleva de tous nos vaisseaux. Un deuxième, un troisième torpilleur sautaient au loin.

Puis un remous se fit à la surface de la mer, en face de nos cuirassés même. Une voix étrange, formidable, forte comme le tonnerre et nette cependant, claironna dans l'espace :

— Français, c'est l'ennemi ! Prenez garde à la feinte. Les pavillons sont une ruse... Feu partout !

On hésita, mais déjà les capitaines discernaient, après un examen plus attentif, les bâtiments étrangers. Au même instant, le navire-amiral arborait le signal du combat et répétait l'ordre mystérieux :

— Feu à volonté !

Et ce commandement n'était point donné que les vaisseaux suspects, comme s'ils l'eussent pressenti, commençaient euxmêmes la canonnade.

De part et d'autre, une volée d'obus s'abattit. Des éclairs déchirèrent l'horizon.

La flottille des torpilleurs étrangers se repliait ; mais derrière elle, une ligne immense de cuirassés apparaissait à son tour. L'ennemi, après cette embûche trop vite démasquée, s'avançait à découvert.

La concentration s'était faite au large, et les Etats confédérés du Nord étaient résolus à anéantir d'un seul coup la puissance navale de la Ligue latine.

Un duel à mort s'engagea.

Et l'on ne se battait pas seulement sur les flots ; au fond de la mer un combat plus terrible encore se déroulait.

Nos sous-marins, en effet, un instant dépistés, revenaient au bruit de la canonnade et tombaient sur les submersibles ennemis, au moment où ceux-ci s'attaquaient déjà à nos unités les plus redoutables.

Dans les profondeurs glauques, les monstrueux poissons se précipitaient, s'allumant et s'éteignant soudain, fuyant, revenant, s'abordant à l'improviste et coulant à la fois. Les torpilles éclataient.

Tout à coup, entre les deux partis, un singulier partenaire évolua. C'était une énorme masse oblongue, surmontée d'une tourelle triangulaire. L'éclatant drapeau qui flottait tout à l'heure sur la mer semblait à présent l'entourer d'un triple faisceau de lumière tricolore.

Les sous-marins ennemis hésitèrent une seconde, puis, tous à la fois, ils se précipitèrent sur le monstre. Il avait disparu. Ses fanaux ne luisaient plus ; mais une force étrange tenait maintenant immobiles ses assaillants. Une à une, leurs hélices s'arrêtèrent ; et les marins des flottes en présence eurent bientôt sous les yeux le plus terrifiant spectacle.

L'un après l'autre, les submersibles russes, anglais et allemands, soulevés par une puissance irrésistible, surgissaient des vagues, la pointe en avant, et retombaient à la mer, épaves inertes et mortes.

Les sous-marins français, délivrés et vainqueurs, se précipitaient vers les cuirassés adverses.

Trois grands navires anglais s'inclinèrent, et, blessés à mort, prêts à sombrer, quittèrent la ligne de bataille. Un croiseur allemand piqua de l'éperon et s'engouffra dans l'océan.

La canonnade s'arrêta une minute. Les ponts étaient couverts de morts et de blessés. Les tourelles démantelées ruisselaient de sang.

— Vaincre ou mourir ! signala le vaisseau-amiral anglo-allemand.

Et le combat allait reprendre, quand une catastrophe, plus étrange encore au milieu de cette étrange bataille, stupéfia à nouveau les escadres.

La *Germania*, d'où commandait l'état-major ennemi, venait de s'immobiliser sur les flots, comme tout à l'heure les sous-marins dans les profondeurs. Elle ne gouvernait plus. Tous ses appareils électriques affolés refusaient le service. Le bâtiment lui-même, prêt à enfoncer, parut alourdi au point que les vagues, par-dessus la ligne de flottaison, par-dessus la ceinture cuirassée, léchaient les bastingages.

Le puissant cuirassé était hors de combat ; et le reste de la flotte vaincue, terrifiée, sans ordre, battit en retraite tout à coup, poursuivi par nos croiseurs les plus rapides.

La *Germania* alors, saisie, attirée par un fluide étrange qui semblait l'envelopper, se remit à marcher invinciblement vers nos vaisseaux, sans tirer un seul coup. Elle fut bientôt entourée, accosta le *Courbet*, et lorsque son équipage ahuri se fut rendu, soudain le vaisseau reprit son allure naturelle.

On le remorqua jusqu'au port, et la rade entière applaudit à cette extraordinaire capture.

... Cependant, au cours de la lutte, deux de nos sous-marins, blessés dans le premier combat, avaient échoué sur les grèves. L'hélice brisée, alourdie par des voies d'eau, ils allaient sombrer, lorsque eux aussi furent soutenus, soulevés et lancés à la côte par une force inexplicable, qui semblait sortir du monstrueux submersible aperçu dans la bataille. Les deux capitaines purent en donner une description sommaire.

A l'arrière du formidable engin, brillait en lettres d'or son nom :

— Le *Regina*.

Ce nom et celui du capitaine Rex furent bientôt sur toutes les lèvres, à Brest et dans toute la France. On eût voulu féliciter ce glorieux vainqueur, en faire surtout une force mieux embrigadée et le réduire à l'obéissance générale.

Jusqu'où pouvait-on compter sur lui ? Jusqu'à quel point était fondé le sentiment d'immense sécurité qu'apportait son concours ? Et cet indépendant pousserait-il jusqu'au bout l'audace de vaincre, sans cédule et sans nom ?

Les bureaucrates ne pardonnent guère à un héros ces torts-là, et la curiosité de la foule est impatiente : presque tout de suite il entra de l'humeur dans l'admiration soulevée par ce premier exploit.

L'amiral Rozès, seul averti, eût pu d'un mot calmer toutes ces inquiétudes ; mais il avait ordre de se taire. Il ne parla pas.

... Le *Regina* cependant avait disparu.

Au large, les vaisseaux ennemis qui fuyaient reçurent seulement le soir de la bataille ce message par la télégraphie sans fil.

Si la flotte coalisée n'a pas quitté au plus tôt les eaux de France, le *Wilhelm-IV*, puis le *Victoria*, sauteront en mer les premiers. Les autres ensuite. — Capitaine REX.

Cette immense escadre, désormais sans sous-marins, ne pouvait plus aller qu'à l'aveugle parmi les périls de la mer profonde : elle céda, tourna barre vers ses ports d'attache, afin de se recueillir et de mûrir un autre plan de bataille.

La nouvelle mit le comble à l'enthousiasme de nos marins, en rade de Brest ; et les navires des trois escadres saluèrent le nom énigmatique de leur extraordinaire auxiliaire d'une salve de vingt et un coups de canon.

V

PIMBREZ

Dominique Aglarès avait en vain exploré le ciel. La nuit avait gardé son secret. Le *Vengeur* n'avait pu rejoindre le *Juliot* désemparé. Le gros temps était devenu vraiment trop défavorable. Le général avait dû regagner à la hâte le parc des Coteaux.

Là, le ministre de la Guerre avait décidé qu'il transmettrait à un autre officier expérimenté le commandement du *Vengeur*. Une seule unité était définitivement impuissante contre les forces contraires. Le dirigeable se contenterait de se rendre sur la ligne de bataille et de continuer le service d'informations qu'il assurait en temps de paix, en évitant toute rencontre.

Le général Aglarès hâterait, pendant ce temps, l'exécution de ses aéroplanes à l'usine Servez et Cⁱᵉ. Ces appareils nous assuraient du moins d'une éclatante revanche.

... Le long des côtes de Bretagne, deux jours après la bataille de Brest, de nouveau l'ouragan faisait rage. Le vent soufflait de terre, l'océan était démonté. Sous la tourmente, cependant, en pleine mer, en face du Pouliguen, un homme désespérément s'accrochait à une épave.

Les lames, l'une après l'autre, le recou-

vraient ou le soulevaient, l'assommant sous
leur poids ou le lançant d'un seul coup dans
l'espace.

Transi par le froid, les yeux et les oreilles
pleins d'eau, à jeun, depuis la veille, le
malheureux se sentait faiblir de minute en
minute. Pourtant, il ne voulait pas mourir !
Comme les agonisants ramassent leurs cou-
vertures, il ramenait sous lui, d'un geste
inconscient et répété, la lame de bois qui
le soutenait.

Depuis tout un jour il luttait ainsi, aveuglé, flagellé par les paquets de mer !

Et la nuit revenait et avec elle la mort
inévitable dans le noir, dans l'horreur de
l'océan sans fond !

Il n'avait même plus la force de songer
à l'épouvantable situation qui était la
sienne, il ne pensait plus. L'instinct de la
conservation luttait seul encore en lui, avec
une obstination machinale et désespérée.

Jusqu'à ce qu'un bouillonnement étrange
et rapide — un éclair coupant les flots —
le soulevât plus haut et plus violemment
que jamais, l'arrachât à son appui. Le naufragé ferma les yeux et coula, la bouche
emplie d'eau, refoulant son dernier appel...

... Lorsqu'il revint à lui, il était dans une
cellule étroite, éclairée d'en haut par un
globe électrique. Les murs brillaient de
l'éclat de l'acier, que des lignes de boulons
quadrillaient de dessins réguliers. Le blessé,
étendu sur une couchette, ne sentait aucun
roulis. Il ouvrit les yeux.

Un homme était penché sur lui, dont les
lèvres imberbes eurent un sourire, lorsque
le naufragé lança d'une voix éteinte le clas-
sique :

— Où suis-je ?

Chez des amis, des Français... A bord
du *Regina !*... Comment vous sentez-vous,
commandant ?

Le malheureux, recueilli en pleine mer,
avait perdu, en effet, toute arme et toute
coiffure. Son uniforme en lambeaux ne
portait plus d'insigne. Mais la couleur de
l'habit, des débris de galons semblaient
ceux d'un commandant de marine.

Au lieu de répondre, le blessé ferma les
yeux. Une crispation douloureuse avait con-
tracté tout son visage, et une exclamation
indistincte s'échappa de ses lèvres. Son sauveur lui fit prendre un cordial, et dit, lorsque l'homme à nouveau se ranima :

— Taisez-vous ! Reposez-vous, puisque
votre faiblesse est si grande encore. Dans
un quart d'heure, nous serons à terre ; et
plus tard, vous nous raconterez votre histoire.

Le blessé se rendormit ou feignit de se
rendormir : car la lueur des regards filtrait
entre ses paupières, lorsqu'il se sentit sou-

levé, emporté à bras d'hommes hors du
mystérieux navire qui l'avait sauvé.

Il se trouvait dans une grotte sous-marine. Les rochers surplombaient de toutes
parts, et la forme noirâtre d'un submersible émergeait d'un bassin circulaire. Deux
faisceaux lumineux, sortis des yeux du
monstre marin, éclairaient l'obscurité de la
caverne. Une étroite plate-forme circulait
tout alentour, au-dessus du niveau des flots.

Le naufragé se sentit déposé par les deux
hommes qui le portaient.

Une échelle de corde pendait au-dessus
de leur tête.

— Jamais ce pauvre homme n'aura la
force de se hisser par là, disait l'un de ses
sauveurs.

— Je le monterai, répondit l'autre... Ho
hisse !

C'était une sorte de géant qui prit le
corps inanimé sur son épaule et ne faiblit
point sous la charge, quoique le naufragé
fût grand et fort.

Ils montèrent les échelons, traversèrent
une sorte de puits et, sortis enfin de l'orifice, se trouvèrent bientôt dans une maison
d'apparence modeste, où deux vieillards les
reçurent dans la nuit.

— Malgré tout, disait celui qui paraissait
être le chef, je préfère que le commandant
n'ait vu ni la caverne ni le passage.

Le commandant supposé ne crut pas utile
de prolonger davantage son évanouissement ;
il parla, les yeux clos encore, afin que son
regard ne le trahît point :

— Merci, balbutiait-il.

— Marianne, dit le capitaine du *Regina*,
faites dans la chambre un bon feu ; et vous,
Jordic, ayez soin de notre hôte. Car il
faut que nous prenions un peu de repos,
nous aussi, et nous repartons à l'aube. Nous
reviendrons demain soir aux nouvelles...
Commandant, avant de prendre congé, ne
saurai-je point qui vous êtes ?

— Le commandant Dumont, répondit le
blessé d'une voix faible : du submersible
C-12, qu'une avarie avait retenu à Nantes
au moment de la concentration. Nous avons
touché sur un écueil...

Il ne semblait pas en état de fournir de
plus amples explications.

— Je suis le capitaine Rex, repartit son
sauveur. En retour du service que je vous
ai rendu, commandant, donnez-moi votre
parole d'honneur de ne dévoiler à âme qui
vive le secret de notre rencontre. Pour tous,
ce sera le vieux Jordic qui vous aura repêché sur la grève. Un intérêt puissant m'o-
blige à tenir à l'abri de toute indiscrétion
et de toute surprise mon œuvre, dont vous
apprendrez facilement par la rumeur pu-

blique le but et la portée. Ne vous inquiétez pas : c'est l'œuvre d'un bon Français !

Le commandant Dumont ne répondit rien, mais il tendit la main en geste de gratitude et d'assentiment. Le capitaine Rex et son compagnon disparurent. Le blessé resta seul avec les deux vieilles gens qui le veillèrent jusqu'au matin.

Il parut alors reprendre conscience.

— Lui ! songeait-il... Ah ! je l'ai bien reconnu, moi ; et c'est la fatalité qui me le livre ! Que ne me devra-t-on pas si je détruis son œuvre après celle d'Aglarès ?... Il m'a dupé, là-bas, et le coup est à refaire. Je me croyais perdu dans ce ballon désemparé, sombré. Mais ma bonne étoile ne m'avait pas encore abandonné... A nous deux, capitaine Rex, puisque tel est le nom dont tu te masques à présent !...

Il put se lever, malgré sa faiblesse. Au vieux Jordic, il demanda d'expédier en son nom un télégramme qui rassurerait sa famille sans trahir le secret du capitaine :

Madame Dumont,
8, rue de Berneuil, Paris.
Echoué sur la côte, à Bourg-de-Batz, villa *Pimbrez.* Sain et sauf. Voudrais te voir.
EDMOND.

Il n'avait pas choisi à l'aventure ce nom de Dumont, et l'adresse qu'il donnait était celle de l'agence d'espionnage allemand à Paris !

Car le commandant Dumont n'était autre que le major Hans Staub !

Et le traître triomphait !

Les événements semblaient se conjurer pour le sauver et favoriser ses desseins.

Quand, au matin, après une fuite éperdue parmi les nuages, le *Juliot* se fut abîmé dans les flots, Hans Staub, qui ne voulait pas mourir, s'accrocha avec une sauvage énergie aux débris du ballon.

Mais bientôt, jugeant trop compromettante l'épave héroïque qui le portait, il l'abandonna et saisit une planche arrachée à un navire coulé qui passait à sa portée. Il flotta le jour entier, fut repris le soir par la tempête, et alors qu'il désespérait de tout, il fut recueilli par celui-là même dont il méditait la ruine, Daniel Conty !

Et si le jeune héros ne le reconnut pas, c'est que le traître avait perdu la perruque et la barbe noire dont il s'affublait. Les poils roux du Teuton, lavés par les flots, réapparaissaient maintenant, et comme l'uniforme des aérostiers — ces navigateurs de l'air — était le même que celui des marins, le capitaine Rex, rebelle à toute idée de trahison, s'y était mépris et avait reçu le Judas à son bord.

D'ailleurs, Daniel Conty n'avait aperçu

que rarement Hans Staub à Viroflay, lorsque l'officier félon rendait visite à Dominique Aglarès.

Le Prussien se félicitait de sa bonne chance, et, pour ne point perdre de temps, il se remettait sur-le-champ à sa sinistre besogne et s'efforçait de faire bavarder ses gardes.

Mais ceux-ci ne lui répondirent que les paroles depuis longtemps convenues.

Pimbrez n'avait rien d'une maison de mystère.

Sur la plage entre le Bourg-de-Batz et le Pouliguen, c'était une villa ouverte à tous et coquette, bâtie sur un renflement rocheux parmi les grèves. La grande cour sablée, à peine entourée d'une maigre palissade, était fleurie de corbeilles, de massifs et de parterres. La lame et les embruns venaient se briser au pied de la cour d'arrière, dont la terrasse ne portait qu'une sorte de kiosque ou de belvédère, destiné à servir d'abri aux promeneurs qui voulaient jouir de là de la vue du large.

L'aspect en était pacifique et joyeux; et la légende seule parlait d'un abîme s'ouvrant au bas de ce gai promontoire : les anciens eux-mêmes avaient perdu l'habitude de croire au Trou du Diable, asile oublié des contrebandiers de l'ancien régime.

La seule originalité de Pimbrez était qu'on ne connaissait guère son propriétaire. Depuis dix ans, Jordic et Marianne Guiheu l'habitaient et répondaient aux curieux que leur maître voyageait:

— Dans les Indes, disaient-ils, et partout!

Ils gardaient la maison, souriante et parée comme pour le recevoir; et les mieux informés prétendaient avoir aperçu deux ou trois fois l'inlassable globe-trotter, touchant barre à bord de son yacht, la *Reine-des-Mers.*

Qu'importait au reste ? Pimbrez était hospitalier à tous, accueillant aux pauvres. Ils y trouvaient toujours prêts une bolée de cidre et un gros morceau de pain. Les promeneurs connaissaient le lait frais de la Marianne.

La veille, des gens de Batz avaient vu — rare spectacle ! — réapparaître en rade la *Reine-des-Mers,* ses voiles blanches au vent ; mais où serait-elle demain ?

Voilà tout ce que le commandant Dumont put apprendre, bribe à bribe, de la vieille Marianne elle-même : l'excellente Bretonne n'était guère bavarde.

Il voulut sortir jusque sur la terrasse et ne remarqua rien lui-même d'anormal.

D'un coup d'œil, il avait deviné que le

kiosque devait abriter pourtant le passage souterrain et la grotte secrète où faisait escale le *Regina*.

Il reçut, dans la journée même, une visite qu'il attendait avec une impatience non dissimulée. Ce n'était pas sa femme, retenue à Paris par une indisposition, mais son gendre.

Ainsi du moins se présenta le survenant, qui accourait de Brest averti par Mme Dumont : un agent subalterne en réalité de Hans Staub, prévenu télégraphiquement de Paris.

Les deux hommes se prodiguèrent ostensiblement les effusions les plus touchantes; mais le major reconduisit le personnage jusqu'à la grille, il l'accompagna jusqu'au bourg. Il lui exposait son plan nouveau.

En dépit de la retraite générale des flottes confédérées, de rapides destroyers ennemis et quelques sous-marins échappés au désastre croisaient le long des côtes. Il fallait coûte que coûte les prévenir. Le *Regina* revenait cette nuit, par la passe du Trou du Diable, à son port d'attache souterrain. Ils bombarderaient sa retraite, l'anéantiraient à l'improviste dans son refuge.

Qu'ils ouvrent à minuit le feu ! Je me serai mis à l'abri. Cet infernal engin ne nous nuira plus.....

La haine redonnait au commandant des forces. Ils touchaient aux premières maisons de Bourg-de-Batz.

Soudain le major Hans Staub poussa un juron étouffé et rabattit sur ses yeux son chapeau.

Deux jeunes filles sortaient d'une maisonnette et le regardaient venir.

Bien vite, il brusqua ses adieux, prit congé et retourna vers Pimbrez, contrefaisant sa démarche.

— Elle !..... Elle aussi !..... Comment est-elle là ! se demandait-il..... Le sort veut-il donc me les livrer tous, tous, tous ?

Il venait de reconnaître Reine Aglarès et Laura, au seuil du père François Davesne, le douanier.

VI

LE COMMANDANT DUMONT

Reine et Laura étaient arrivées la veille à midi, à Bourg-de-Batz.

Le père François et la mère Anna les avaient reçues à bras ouverts :

— Bonjour, toi ! dit le brave homme à sa fille. Te voilà bien changée, depuis l'an qui fut, eh oui ! Et vous aussi, Mademoi-selle Reine !..... Demoiselles pour de bon, toutes deux, hé ! hé !.....

Reine embrassait sa nourrice.

Dans un coin de la maisonnette se pressaient quatre ou cinq têtes ébouriffées.

— Ce sont les moussaillons, dit le père. Ils sont drus, eux aussi, et bien heureux de te revoir, petiote !..... Ton frère Jean est à la mer ; mais je pense le voir tout à l'heure..... Son bâtiment rentre en rade justement, et c'est fête rare à la maison. Nous aurons, Anna, tous nos enfants ce soir.

— Bonjour, Pierric..... Et toi, Noël..... Quelle grande fille, ma petite Yvonne ! saluait Laura l'un après l'autre.

Les petits, essuyant leur nez du revers de la manche, tendaient le bec aux baisers.

Une bonne odeur de soupe aux choux remplissait la chambre ; et les deux jeunes filles prenaient plaisir à ce déjeuner impromptu dans le rustique décor de leur première enfance.

Elles montèrent ensuite à leur chambrette claire et proprette, fermée toute l'année et réservée pour elles. Quelles bonnes vacances elles y prenaient, avant les préoccupations de cette guerre maudite !

François et Anna osaient à peine les interroger au sujet du général, de peur de réveiller leurs appréhensions. Mais leurs secrètes pensées, malgré tout, continuaient d'accabler les nouvelles venues. L'immense attente, qui étreignait toute la France, pesait sur elles et les laissait comme interdites au milieu de leurs occupations favorites des jours joyeux. En vain, sur leur cheminée, disposaient-elles les feuilles de bruyère autour de la statue de sainte Anne d'Auray, au-dessous du grand Sacré Cœur découpé, qu'entouraient les gros grains d'un chapelet de coquillages. Leur âme était absente.

Et la même idée les poussait déjà au dehors, comme si elles eussent dû trouver là seulement une consolation à leur chagrin : la pensée de ces autres bons vieux, leurs voisins, dont avait parlé aux *Glaïeuls* avant son départ le quartier-maître breton, le fiancé de Laura Davesne. Elles avaient hâte, elles voulaient voir, elles voulaient savoir. Quoi ? Rien. Entendre parler seulement de leur amour.

Comme elles descendaient, le père François tout à coup dévisagea sa fille :

— Hé !..... Mais aurais-tu donc égaré, petiote, la croix d'argent de chez nous ? Pourquoi ne la pends-tu plus à ton cou ?

Laura rougit.

— J'allais vous en parler, père..... Je l'ai donnée.....

— Donnée ! fit François.

— Déjà ! dit la mère, et sans nous en parler, ma fille.

— Donnée à un marin de la côte qui partait à la guerre.

—Hé ! Si c'est un Breton, petiote !

— C'est un Breton, de Bourg-de-Batz ; et vous connaissez sa mère et son père, le vieux Jordic et la Marianne. C'est Yves Guiheu qu'il s'appelle.

Il y eut des exclamations.

Puis, ainsi qu'à toutes leurs émotions profondes, ces chrétiens de vieille race voulurent mêler la prière. Reine avait nommé Daniel Conty : et pour les deux fiancés, les genoux se ployèrent.

C'était François Davesne qui récitait la vieille et naïve complainte de la Bretagne :

— Madame sainte Anne, gardez nos fieux qui sont sur mer ; gardez-les du vent contraire et du naufrage, et des mauvaises pensées du cœur ; gardez-les de l'eau qui les guette, du démon qui les tente ; gardez-les du péril de la mort, et de la mort sans pénitence. Madame sainte Anne, gardez nos fils qui sont sur mer !

Les femmes enlacèrent ensuite les répons des douces litanies :

— Notre-Dame de la Mer, protégez-les !

— Saint Michel du Péril, rendez-les-nous !

Mille questions suivirent :

— Père, qu'est-ce que Pimbrez ? Ne connaissez-vous point Yves Guiheu ?...

François ne le connaissait guère. On voyait peu le quartier-maître à Bourg-de-Batz ; mais la solide réputation de Jordic et de Marianne suffisait.

Pimbrez, pour tous, n'était qu'un séjour de plaisance, un peu délaissé des maîtres :

— Pourtant, dit le père Davesne, ceux-ci ne sont pas loin, sans doute. La *Reine-des-Mers*, où Jean sert depuis peu, est au port. Et il y a du nouveau là-haut. J'ai vu ce matin le compère Jordic. N'a-t-il pas repêché cette nuit, par le gros temps, un officier de marine échoué sur la plage ?

— Un officier ! dit Reine.

— Seul ! dit Laura.

Les deux noms d'Yves et de Daniel remplissaient leur cœur. Il fallut qu'elles courussent à Pimbrez, non qu'elles eussent l'invraisemblable espoir d'y rencontrer leurs fiancés, mais simplement pour avoir des nouvelles des absents et mieux connaître la famille que Laura voulait faire sienne.

Puisque François et Anna approuvaient ces fiançailles, quel inconvénient à ce qu'elles s'en allassent porter la joie aux autres vieillards de là-haut et chercher pour elles-mêmes un peu d'espérance et de réconfort ?

C'est en s'y rendant qu'elles se trouvèrent face à face avec le commandant Dumont. Peut-être fussent-elles passées sans le remarquer, si le trouble de l'homme ne l'eût assez trahi et si Reine n'eût reconnu, à ne pouvoir s'y méprendre, cette voix qui avait osé proférer à son oreille des paroles également odieuses d'amour et de menace.

Malgré l'absence de la barbe et de la perruque qui changeaient la physionomie du traître, ni elle ni Laura n'eurent l'ombre d'un doute. Elles restèrent atterrées.

— Le major Hans Staub !... Chez les parents d'Yves Guiheu !... Sur la piste des secrets, si jalousement gardés, de Daniel Conty ; s'acharnant peut-être contre le marin ainsi qu'il s'était acharné à la perte du roi des airs !... Lui, toujours lui !... Ce spectre surgissant à chaque pas à la place des chères figures espérées !

Reine passait ses deux mains sur ses yeux comme pour en écarter ce mauvais rêve. Elle ne savait plus que décider, à qui recourir, dans le désarroi de cette incroyable surprise. Mille plans les uns après les autres se présentaient à son esprit.

Effarées elles revinrent chez François et Anna Davesne. Les deux vieux voulaient qu'on avertît de suite Jordic et la Marianne et les autorités.

Reine préféra d'abord télégraphier, dans son embarras, au lieutenant Frézal et à la mère de Daniel.

Jacques arriva dans la soirée, avec Mme Elise. L'automobile de *la Reverdie* avait brûlé l'étape.

Mis au courant, l'un et l'autre eurent vite pris leur parti. Ils en savaient davantage que Reine Aglarès sans doute, ou bien ils avaient sujet de concevoir des craintes encore plus poignantes.

Jacques prévint d'abord la gendarmerie :

Le soi-disant officier recueilli par Jordic n'était qu'un espion et un traître ; le major Hans Staub, décrété hors la loi, pour avoir réduit à l'impuissance notre première escadre de dirigeables... Il le faut arrêter, le surprendre. Hâtons-nous, hâtons-nous !

Toute la maréchaussée de Bourg-de-Batz suivit le jeune officier et, armée jusqu'aux dents, monta vers la villa.

Il était passé 11 heures de soirée.

Le ciel, plus clair que la veille, permettait de voir et d'entendre au loin. Par sa fenêtre, le commandant Dumont regardait le large, et un mauvais sourire flottait sur ses lèvres.

Dans le lointain, un panache de fumée commençait de flotter. Il prit à une panoplie un étui de jumelles marines et fouilla l'ombre douce. La silhouette d'un destroyer se dessina dans le champ optique. Hans Staub reconnut le pavillon anglais, et comme le navire virait de bord, un rayon de la lune fit étinceler les lettres d'or de son arrière :

Queen Victoria.

Son appel avait été transmis.

Pourvu, songeait-il à présent, que le *Regina* vienne mouiller et que je puisse me tirer de ce guêpier avant la minute du bombardement... Bah ! je demanderai à me reposer, et ma fenêtre n'est pas haute à sauter... Distinctement, il vit alors deux hommes surgir du kiosque, au-dessus du promontoire du Trou du Diable : le destin semblait définitivement son complice. Il se frotta les mains.

— Pas encore couché, commandant, après une pareille aventure !

— Bah ! j'en ai vu bien d'autres, capitaine ! fit Hans Staub avec un rire bonhomme. Le froid et l'eau m'avaient étourdi, mais ce soir il n'y paraît plus... Je suis bien heureux de vous revoir, capitaine Rex.

— Moi aussi, commandant, de vous retrouver, surtout en si bon état... Et puisque vous voilà sur pied, j'oserai vous faire une prière... Je suis inquiet, commandant, très inquiet. Un bâtiment étranger rôde en face de la côte. Je n'aime pas sentir autour de moi ces chiens courant et flairant. Je crains, malgré toutes mes précautions, que le secret de cette maison n'ait été trahi. Il serait prudent de vous éloigner... J'ai regret de paraître ainsi vous retirer mon hospitalité, et j'ai hésité un instant si je ne coulerais pas tout de suite cet indiscret bateau afin d'assurer votre tranquillité. Qui m'en empêche ?

Le commandant tressaillit. Il n'avait pas réfléchi, en effet, à cette éventualité. Il n'avait songé qu'au *Regina* terré et muré dans son antre, sans soupçon, sans défense.

— Mais, bah ! poursuivait le capitaine. Je ne tiens pas à signaler sans nécessité ma présence en ces parages, et je veux voir ce que ce gros oiseau de proie guette par ici... Si vous le permettez, commandant, le vieux Jordic va vous conduire au Bourg, où je tiens à vous assurer un abri plus sûr, moins à portée d'un coup de main.

Hans Staub ne demandait pas mieux que de déguerpir ; il eût souhaité cependant retenir quelques instants encore le capitaine, jusqu'à la minute où il ne serait plus temps pour le *Regina* de songer à appareiller, à prendre le large.

Il supplia qu'on le mît au courant au moins des dernières nouvelles de la guerre.

Mais le silencieux compagnon du capitaine, qui avait pris à la fenêtre la place du traître, dit tout à coup :

— L'Anglais met le cap droit sur Pimbrez.

En même temps, une ruée, une galopade sonna sur la route de Bourg-de-Batz. Des coups ébranlèrent la frêle porte d'entrée.

Le capitaine Rex blêmit :

— Qu'est ceci ?

Et, prudent pour son œuvre et le salut de son pays, sans s'attarder aux douteuses hypothèses d'une descente de l'ennemi, d'une indiscrétion des matelots de la côte ou d'une attaque nocturne de vulgaires rôdeurs :

— Jordic, dit-il, retiens-les, et pas un mot ! Vous, commandant, puisque vous êtes de moitié déjà dans nos secrets, suivez-nous.

Le faux Dumont hésita. Mais les sourcils du capitaine se froncèrent ; un soupçon commençait peut-être d'effleurer son esprit. Staub était sans armes. Il songea que le *Regina*, menacé maintenant du côté de la terre, allait prendre le large avant l'heure fatidique, et qu'il n'avait plus que cette chance de consommer sa trahison : se glisser au cœur même de la place !

Il suivit en courant les deux Français du côté du kiosque ; il s'engouffra avec eux dans l'orifice béant de l'abîme.

Déjà la porte de la villa avait cédé sous la poussée des assaillants. Jacques Frézal, les gendarmes, Mme Elise, Reine Aglarès, Laura, François Davesne se précipitaient vers la maison.

Jordic essaya vainement de les retenir :

— Qui êtes-vous ? Que voulez-vous ?

— L'officier, expliqua François, l'officier d'hier, Jordic, est-il ici ? C'est l'espion... Tu as lu les journaux, n'est-ce pas ? Ce n'est pas un marin. C'est Staub, Hans Staub !... Il faut l'arrêter, vite, vite !...

Jordic, abasourdi, ne savait plus que répondre ; mais il reconnut tout à coup Mme Elise :

— Jordic, disait-elle à son tour, fais vite ! Où est l'homme ?

Le vieux marin, prêt à frapper les gendarmes et Jacques et François, recula d'un pas, salua du bonnet, et ses dents claquèrent.

— Vous ! dit-il... Ah ! Madame... C'est donc vrai !... L'homme est parti, parti avec mon maître !

Ses genoux tremblaient. Ses bons gros yeux cherchaient autour de lui un visage, une inspiration, la vérité, le salut. Des gouttes de sueur froide inondaient son front.

— Hans Staub !... répétait-il... Ne rien dire !... Hans Staub !... Le *Regina* !

Soudain il saisit au poignet Jacques

Frézal, dont l'uniforme avait parlé mieux que le reste à son esprit, et il l'entraîna en courant vers le kiosque, vers la mer. D'un geste il souleva la trappe et se pencha. Le lieutenant aperçut l'abîme illuminé d'une lueur tricolore :

— Ici ! songeait-il. C'était ici !

— Capitaine ! clamait le vieux Jordic... Capitaine !... Arrêtez.

Mais déjà la lueur s'était éteinte. Le bruit d'un formidable bouillonnement remplit la grotte. Tout avait disparu.

— Trop tard ! rugit le matelot.

— Descendons !... Allons quand même ! décida Frézal, oubliant son bras blessé.

Mais, au même instant, une double et formidable détonation les assourdit, du large et au pied du promontoire.

Minuit sonnait aux clochers de Bourg-de-Batz, et les assistants, accourus autour du belvédère, reculèrent de toutes parts :

— Sauve qui peut ! On bombarde Pimbrez !

Ce fut une fuite éperdue jusqu'au bourg, et quand ils se retournèrent, sous une grêle d'obus, la terrasse de la villa s'écroulait tout entière dans le Trou du Diable, et Pimbrez en ruines brûlait à grandes flammes dans le vent du soir.

François Davesne retenait entre ses bras Mme Élise, qui s'était évanouie avec un grand cri d'épouvante et de supplication :

— Sauvez-le, Seigneur !..... Ma pauvre Reine !.....

VII

LE « QUEEN VICTORIA »

— Malédiction ! s'était écrié le capitaine Rex en entendant la trappe s'ouvrir au-dessus de sa tête..... Jordic n'a pu les arrêter, et nous sommes découverts..... Hâtez-vous, commandant.

Le capot avait été fermé à la hâte. Le *Regina* d'un seul coup s'enfonça, et une vague formidable s'élança des bords du bassin.

Une minute plus tard, le merveilleux sous-marin flottait en pleine mer, mais le jeune officier restait sombre. Il n'avait guère que deux ports qu'un hasard lui avait fait découvrir, creusés à souhait par la nature ; et c'était ici son seul point d'attache avec la terre ferme. La découverte de son secret l'affectait d'autant plus qu'il croyait avoir pris contre cette mésaventure toutes les précautions imaginables. Et comment aurait-il soupçonné le commandant, dont il ignorait jusqu'à la sortie intempestive de l'avant-dînée ?

Ce génie puissant d'espionnage qu'a toujours manifesté l'ennemi héréditaire le frappait d'une sorte de stupeur.

Il aurait voulu savoir qui étaient ces gens-là, là-haut ?

Les trois passagers du *Regina*, massés dans la tourelle, inspectaient donc à fleur d'eau le rivage où cherchaient des yeux le *Queen Victoria*, quand un premier sifflement déchira l'air au-dessus de leur tête, puis un second : et Pimbrez flamba !

Le visage du capitaine Rex devint effrayant, de résolution indignée, de soudaine froideur plus terrible que la pire colère. Sa voix plus sèche, sa taille plus droite, témoignèrent d'une volonté implacable ; il avait repris son masque de soldat au feu :

— A l'ennemi ! commanda-t-il à son lieutenant.

Et, s'inclinant devant son hôte avec une courtoisie poignante en sa brusque solennité :

— Commandant, vous allez assister à un rare spectacle, auquel je ne pensais pas avoir à vous convier. Mais l'ennemi ne doit pas rire de moi ! Descendez à la chambre d'avant : vous verrez de ce hublot tout le combat..... Et pardonnez-moi de vous laisser seul : nous ne sommes que deux pour la manœuvre.

Il poussa derrière lui, en s'en allant, la porte blindée :

— Vous permettez, n'est-ce pas ?... En cas de heurt.....

Il disparut.

Dumont était prisonnier.

Et l'on marchait sur le *Queen Victoria* ! On allait l'atteindre ! Staub assisterait impuissant à la défaite du navire qu'il avait appelé !

Il essaya de sortir de cette geôle de fer et d'acier ; mais ses poings se meurtrirent aux plaques rigides sans même parvenir à les ébranler.

De guerre lasse, il revint à la lentille de l'avant. Toute la mer autour de lui semblait noyée dans les clartés tricolores que là-haut à la surface déployait l'immense drapeau du *Regina*. Des masses d'eau écumeuses s'écrasaient contre la vitre, où flottaient parfois des paquets d'herbes marines. Des poissons effarés fuyaient, ou venaient s'écraser, ahuris, aveuglés, contre les parois.

Le bruit de la machine se faisait à peine entendre dans le silence tragique des profondeurs. Une immense coque noire apparut sous les flots ; et soudain une voix formidable retentit, comme si toute la carène de fer parlait, comme si tout le mystérieux navire devenait le porte-voix de son capitaine, lui prêtait sa poitrine de fer et ses lèvres d'airain.

— Rendez-vous !

Une bordée de canons anglais salua la

voix, comme une réponse lointaine d'orage et d'éclairs.

Le *Regina* passa de gauche à droite et réitéra sa sommation. Nouvelle salve.

— Rendez-vous, répéta-t-il encore à l'avant du destroyer.

Pour la troisième fois, l'ouragan de mitraille passa au-dessus de l'invisible assaillant, qui disparut sous la coque de l'ennemi.

Comme s'il le voulait soulever, le *Regina* aborda rudement le *Queen Victoria*.

Staub s'attendait à une explosion. Rien ne vint. Mais ce qui se passait au-dessus de lui n'était pas moins terrible. L'étrange phénomène de la rade de Brest se renouvelait, et le grand navire, désormais impuissant à manœuvrer, à se défendre, s'enfonçait, alourdi d'un poids mystérieux.

La porte blindée de la cabine s'ouvrit.

— J'ai mes prisonniers, dit le capitaine Rex toujours impassible.

Et à son second :

— Jette-les à la côte, au pied de Pimbrez.

Dompté par la mystérieuse puissance magnétique dont disposait le sous-marin, le *Queen Victoria*, malgré l'effort de ses hélices, fila vers les rochers. Toute la coque en tremblait. Les hommes affolés couraient sur le pont. Nul n'entendait plus les ordres des chefs, nul ne les exécutait plus !

— Quoi ! fit le major frémissant, ne ferez-vous pas grâce de la vie à ces malheureux ?

— J'aurai cette humanité, répliqua le capitaine avec un flegme terrible.

Le *Regina* venait de lâcher sa victime, qui, lancée à toute vitesse, s'échoua sur les premiers écueils.

Le capitaine parla dans un récepteur, et toute la mer, la plage, le ciel, le grand navire lui-même sous les pieds des matelots sembla répéter avec lui, du même accent profond comme un frisson :

— Tout le monde sur la grève ! Le *Queen Victoria* sautera dans dix minutes !

Il y eut une ruée folle des hommes, par-dessus les bastingages, vers la terre, vers la vie. Les plus intrépides, vaincus par cette force surnaturelle, abandonnaient le bord.

Le capitaine Rex suivait du regard l'aiguille de son chronomètre. Par hasard, son revolver gisait derrière lui sur la table. Hans Staub étendit la main...

— Feu ! commanda le capitaine en se retournant à la dernière seconde vers l'arrière où attendait son second.

Le major, du mieux qu'il put, dissimula son geste. Un sifflement sortit du *Regina*. Le submersible remonta à fleur d'eau.

Le *Queen Victoria* sautait comme un volcan.

— Ainsi, dit froidement le capitaine, périsse le traître qui a livré Pimbrez !

Machinalement, il s'était appuyé sur la table et sa main touchait l'arme meurtrière.

Le faux commandant frissonna.

Une immense acclamation montait en même temps du rivage, où les marins anglais désarmés se rendaient à la gendarmerie. De Croisic, du Pouliguen, de Bourg-de-Batz, une foule accourait, depuis que les batteries anglaises avaient cessé le feu.

Le drapeau lumineux, les péripéties du combat, toute cette scène renouvelée de la bataille de Brest, éclairait à ce moment même les esprits. Les yeux étaient dessillés. Le mystère de Pimbrez semblait désormais clair à tous. Les incidents de ce soir l'avaient livré ! Le vieux Jordic n'essayait même plus de nier l'évidence. Et toute cette multitude, soulevée d'enthousiasme, acclamait :

— Vive le capitaine Rex !

Mme Elise Conty, Reine, Laura, Jacques Frézal et les leurs, accourus jusqu'à la pointe extrême d'une langue de rochers, regardaient avidement la mer : et la vieille dame, bouleversée, laissait échapper de ses lèvres tremblantes l'autre moitié du cher secret :

— Daniel... mon enfant... que Dieu le protège !

— Daniel ! fit Reine, en chancelant.

Elle comprenait à son tour ; elle devinait tout. Et, tandis que les Bretons, absorbés par le spectacle de cet étrange combat, oubliaient l'autre péril, le suprême danger du vainqueur livré au traître introduit à son bord, pour triompher, pour s'émerveiller, pour applaudir, le cœur de la jeune fille, comme à son insu, parla, lui arracha le cri poignant d'alarme.

— Daniel ! Daniel Conty !... clama-t-elle, tragique et désespérée. Prenez garde ! Hans Staub est à vos côtés.

... Cependant Daniel, toujours appuyé sur la table, semblait réfléchir.

Lui aussi se sentait démasqué de toutes parts, et, avec sa brusque décision, il était décidé à combattre à visage découvert, puisque toutes ses précautions l'avaient si peu servi. Aussi bien, pour rester en communication avec la terre, grâce à son yacht, la *Reine des Mers*, il lui était désormais presque impossible de garder son mystérieux incognito.

Aussi le *Regina* continuait-il d'émerger à présent non loin de la côte et longeait-il le rivage, sans souci de se laisser voir et salué par ces braves gens qui acclamaient en lui la victoire.

Yves Guihou apparut alors, attendant des ordres.

Le capitaine Rex se redressa. Ses yeux cherchèrent parmi la foule qu'éclairaient les puissants réflecteurs du *Regina*. Il se demandait avec émotion si Reine Aglarès, par hasard, ne serait pas arrivée déjà à Bourg-de-Batz et n'avait pas assisté à son exploit.

Le cri de la jeune fille qui monta dans la nuit sur la mer le fit tressaillir. Il ne discerna pas tout d'abord cet appel, mais il reconnut la voix aimée, la longue forme blanche dressée sur les rochers ; il reconnut la robe de deuil de Mme Conty.

— Reine !... Ma mère !...

Mais ses lèvres n'avaient point achevé les chères paroles, que la foule, se souvenant elle aussi, au cri de Reine Aglarès, du danger que courait le héros, clamait à son tour avec épouvante :

— Gardez-vous !... Gardez-vous !... Hans Staub est à votre bord !

L'avertissement tragique passa comme une rafale d'orage sur les flots. Le capitaine Rex comprit, cette fois. Il évoqua avec une clarté d'éclair le visage du faux commandant, il se retourna, cherchant des yeux son hôte.

Alors Hans Staub, se voyant pris et jouant le tout pour tout, bondit et saisit le revolver.

Il mit en joue Daniel Conty et fit feu.

On entendit le bruit que fait la chute d'un corps dans l'eau.

Un grand silence d'horreur tomba sur la foule. Quelle était la victime de ce drame invisible et soudain ? Quel était celui qu'une balle meurtrière avait renversé dans l'abîme ?

Ce n'était pas Daniel Conty !

Hans Staub, en effet, avait encore une fois manqué le capitaine Rex. Yves Guiheu, qui, au cri des Bretons, s'était approché du major, avait surpris le geste du traître, et aussitôt, d'instinct, l'ayant ceinturé d'un tour de bras, prompt comme un clin d'œil, il l'avait jeté à la mer, tandis que la balle se perdait dans le vide.

Lui-même empoignait la crosse de son arme et visait le félon qui surnageait ; mais Daniel Conty étendit la main.

— Va, laisse... la vengeance n'est qu'à Dieu ! Le jusant porte vers la pleine mer. Notre homme n'est pas nageur ; il va mourir. Prions pour lui.

VIII

VERS L'ILOT

Le sous-marin accosta alors le rivage, et la voix de Daniel Conty parla :

— Ma mère... chère mère !... Est-ce bien vous ? Ah ! je n'ai que peu de temps, mais comment me retiendrais-je de vous embrasser ? Je dispose de cette nuit encore... Braves gens de Batz, du Croisic et du Pouliguen, retournez à vos maisons et ayez confiance en l'avenir... Vous, ma mère, Yves Guiheu va vous conduire. Suivez-le. Toi, vieux Jordic, avec François Davesne, et vous, Mademoiselle Reine et Mademoiselle Laura, et toi, Jacques Frézal, venez aussi... C'est la *Reine des Mers* qui vous attend.

Des flancs du sous-marin, presque aussitôt se détacha une sorte de canot submersible, caché dans ses flancs et destiné au sauvetage en cas d'accident : un *Regina* en miniature, mignon et pacifique, qui avait aussi son nom : *la Reinette*. Il mit à terre Yves Guiheu, et, traîné par la force magnétique que dégageait à son gré l'immense gymnote électrique, rejoignit le bord de lui-même, en amenant Mme Elise, s'y recolla, s'encastra dans la cavité d'avant par où il communiquait avec l'intérieur, ne fit plus qu'un avec le reste, mit seulement comme un renflement de bec d'oiseau de proie à l'éperon formidable du terrible engin de guerre.

Les machines du *Regina* se remirent à ronfler, et le sous-marin disparut dans l'abîme.

... La *Reine des Mers* à l'ancre dormait dans une anse. Jean Davesne restait seul à bord, ses deux matelots courant la bordée. Il reconnut Yves, chargé de lui transmettre la plupart du temps les ordres de l'armateur mystérieux qui depuis peu l'avait engagé. On devine sa joie de revoir sa famille, d'apprendre le secret du combat auquel il venait d'assister avec inquiétude, et de savoir enfin quel maître glorieux il avait servi. Le père Jordic et le vieux François l'aidèrent à la manœuvre. La vieille mère Anna Davesne offrit à Marianne Guiheu l'hospitalité du bourg, puisque Pimbrez était détruit. Elles s'en retournèrent toutes deux. Yves, emmenant Reine, Laura, Jacques, prit la barre après avoir embrassé sa mère, et le joli yacht gagna le large.

Appuyés sur les bords du bateau et cherchant à percer des yeux le mystère de la nuit, les trois passagers étaient muets. Ils avaient hâte de rallier le *Regina*, de percer jusqu'au fond l'héroïque et triomphant secret. Jordic Guiheu et François Davesne eurent vite fait de reconnaître vers quel but Yves dirigeait la marche.

— C'est à la Roche-Brodée, se disaient-ils.

Au large, à cinq milles de la côte, en face de Pimbrez détruit, c'était un îlot étroit et nu, muraille écroulée de rochers escarpés, percés, taillés par tous les flots, par tous les vents. Dans la nuit, cette silhouette

blanche mettait comme une courte frange,
une dentelle au bord de l'horizon.

La *Reine des Mers* aborde.

La *Reinette* était attachée déjà au rivage,
et la tourelle triangulaire du *Regina* émergeait d'un chenal, entre les roches, au pied
de la falaise.

Les arrivants montèrent par un raidillon
vers une étroite esplanade, que magnifiait
une roche en forme d'arche, s'arrondissant
dans la nuit comme un arc de triomphe,
une porte sur le ciel plein d'étoiles. Daniel
les attendait là ; et ces étreintes sont indi-
cibles.

Laura, François, Jean, Jordic et Yves ne
faisaient plus dans la nuit qu'un groupe
souriant et ému.

Devant Jacques et sa mère, Daniel parlait
à Reine :

— Non, non, je ne mérite pas tous ces
éloges, Mademoiselle ; et j'ai déjà ma récompense... Car ce nom de capitaine Rex,
qui veut dire le roi, ne croyez pas que je
l'aie pris par orgueil, que j'aie jamais eu la
pensée d'égaler, sur les flots, le génie ni les
services de votre père, le glorieux général
Aglarès.

— Ah ! mon père... soupira la jeune fille.

— Ce n'était pas une pensée d'orgueil,
mon amie, c'était une pensée de tendresse.
En l'honneur de celle qui portera mon nom
un jour, je me parais du sien. Et le *Regina*,
Reine, pour l'histoire et pour le monde,
traduisait ouvertement la chère pensée de
mon cœur. Vous étiez d'avance la marraine
de tous mes projets et de ma victoire. Il
n'y a pas jusqu'à la *Reinette* qui ne déborde
ici de votre souvenir... Ah ! vous ne saurez
jamais combien je vous aime !

La discrétion de cet ardent aveu, sa voix
contenue, sa modeste attitude, tout rehaus-
sait encore aux yeux de sa fiancée le prix
des paroles.

Et ils allaient rejoindre l'autre groupe
afin de multiplier l'un par l'autre leurs
bonheurs, quand le vieux Jordic tout à
coup héla vers la plage :

— Ohé, du canot ! Qui vient là ?

L'on entendit un clapotement distinct, et
tout disparut dans la bruine.

Yves, Jean, François avaient couru.

Ils ne virent plus rien.

— Homme ou bateau, j'ai vu pourtant
quelque chose.

Rendu soupçonneux, Daniel Conty décida
que chacun rejoindrait son bord. La *Reinette*, le *Regina* ni la *Reine des Mers*
n'avaient bougé. Le sous-marin explora
vainement les alentours.

— Hans Staub aurait-il échappé ? Rôde-
t-il encore quelqu'un autour de nous ?

Justement, les appareils de télégraphie
sans fil installés sur le submersible entrè-
rent en branle ; et des dépêches s'enregis-
traient.

Elles venaient de Brest. La nouvelle du
récent combat, le nom véritable du capitaine Rex, avaient été transmis déjà en
haut lieu. L'amiral Rozès, qui connaissait la
retraite du *Regina*, envoyait ses félicitations au vainqueur.

Un enthousiasme indescriptible régnait
sur les flottes alliées ; le *Courbet* surtout
retentissait d'acclamations en apprenant
que le héros de la récente victoire apparte-
nait à son bord et n'avait jamais forfait à
l'honneur.

Une seconde proclamation, en manière de
réparation, avait été lue devant les troupes
assemblées sur le pont :

Officiers, officiers mariniers, quartiers-maîtres, marins, le lieutenant Daniel Conty et le
quartier-maître Yves Guihen n'avaient point
déserté ! Ce sont eux qui, par commission supérieure, montent le *Regina*, sous le pavillon du
capitaine Rex, et la victoire navale de Brest est
leur œuvre. Ils sont cités à l'ordre du jour du
bord et de l'escadre.

L'amiral Rozès ajoutait que le gouvernement le chargeait de remettre au *Capitaine* Daniel Conty la croix de la Légion
d'honneur. L'amiralissime, qui ne pouvait
quitter son poste de combat, envoyait pour
le remplacer l'amiral Darbel et une délé-
gation d'officiers espagnols et italiens. Cette
mission arriverait le lendemain à Bourg-
de-Batz.

Daniel répondit qu'il avait compté continuer sans tarder la campagne et poursuivre jusque dans les ports ennemis les
débris des flottes confédérées.

On le supplia de différer d'un jour cette
tentative. Nos escadres se tiendraient prêtes
à l'appuyer dès qu'il reprendrait la mer.
A quoi bon compromettre par trop de hâte
l'écrasement définitif de la puissance navale
des États du Nord ?

Nos affaires, justement, allaient assez
mal sur terre. Les premiers combats de
frontière avaient rejeté nos armées au delà
de la ligne des places fortes et des forts :
Nancy, Toul et Verdun. Une nouvelle
grande bataille allait se livrer dans les
champs catalauniques.

Par bonheur, nos forces restaient à peu
près intactes. Les derniers contingents italiens et espagnols, rassemblés par la mobilisation et lancés par les grandes voies de
chemins de fer, remplaçaient au fur et à
mesure nos premières divisions décimées,
palliaient tant bien que mal notre infério-
rité numérique.

Mais surtout la grande terreur de la

guerre contemporaine avait été dissipée de part et d'autre par la main de la Providence. Les dirigeables ennemis, en route déjà le premier soir pour un plan de destruction formidable, avaient été surpris par la rafale qui avait emporté le *Juliot*. Il avait fallu atterrir pour ne pas être poussé trop loin en territoire ennemi. Des avaries sans nombre avaient réduit la flottille à l'impuissance. Les quelques unités indemnes s'en tenaient à un rôle assez effacé.

Ce désastre ne pouvait guère être réparé avant le lançage de l'*Aglarès* : et la France reprenait confiance en son étoile à la pensée de l'aéroplane.

D'avance, le nom du général, du *Roi de l'air*, était sur toutes les bouches et s'associait à celui du *Maître de l'Océan* : Aglarès et Conty, en même temps, se tressaient leur double couronne, inscrivaient les lettres d'or de leurs exploits au panthéon de l'histoire.

Daniel transmit à sa mère et à Reine le message de l'amiral : il leur apprit qu'il était prêt à se rendre aux invitations officielles ; il leur donna rendez-vous pour le lendemain.

Elles allaient rentrer à Bourg-de-Batz. Avec Jacques et Laura, Jordic, Jean et François, elles reviendraient dès le premier matin à sa rencontre. Il voulait les avoir à son côté pour qu'elles partageassent l'accueil triomphant qu'on lui ferait quand il prendrait terre. Yves recevrait la médaille militaire.

Ce serait une belle journée.

Ils se séparèrent sur cette assurance.

Dès que les siens furent partis, Daniel Conty, que de sombres pressentiments agitaient, fit plonger le *Regina* et inspecta les parages de l'îlot. Il ne découvrit rien. Il résolut cependant de se tenir sur ses gardes.

Ses prévisions, en effet, ne le trompaient pas : un ennemi rôdait autour de lui.

Presque en même temps que le *Queen Victoria*, le sous-marin anglais *Sussex* était arrivé dans les eaux de Bourg-de-Batz. Un accident de machine l'avait seul empêché de manœuvrer de concert ; quand il était accouru, le croiseur avait péri déjà ; mais le *Sussex*, insoupçonné, aperçut l'ennemi, l'épia.

Il recueillit en pleine mer le major Hans Staub. Par une pointe audacieuse il poussa jusqu'à la Roche-Brodée. Il reconnut les lieux, mais, se jugeant incapable de soutenir la lutte en face, il se mit à l'abri, guettant à distance l'occasion propice pour agir.

Longtemps à son bord, tout le reste de cette nuit, le major allemand médita son plan de vengeance.

IX

LA CROIX D'HONNEUR

Le lendemain se leva une aube admirable.

La *Reine des Mers*, toutes voiles dehors, s'en alla, blanche et rose, avec l'aurore, vers la Roche-Brodée, au-devant du héros.

Les cloches de Bourg-de-Batz se mirent à carillonner dans leur tour de pierre. Les autorités, prévenues par l'Amirauté, apprêtaient tout pour ce jour de fête. Les rues se tendaient de guirlandes, de verdures et de fleurs. Les maisons se pavoisaient à la hâte. De toutes parts accouraient les paludiers du pays de Guérande, cambrés dans leurs vestes de velours ; les femmes arboraient leurs catioles de dentelle.

Sur les rochers, tout le long de la grand'côte, les gars faisaient partir des mortiers.

On avait déblayé la cour de Pimbrez, et les ruines en étaient couronnées d'oriflammes. Des arcs de triomphe jalonnaient la route.

Vers 9 heures, le maire et la municipalité de Bourg se formèrent en cortège pour se porter à la gare au-devant de l'amiral Darbel. Le populaire les avait précédés. On n'attendait plus que les héros de la fête.

Comme le temps pressait, on dut partir sans eux, attribuant leur retard à la marée.

Un piquet de marins, débarqués à l'avance, formaient déjà la haie dans la cour d'honneur.

L'express enfin parut. Une immense acclamation salua l'amiral à la portière.

Il descendit, entouré d'un brillant état-major, d'officiers d'ordonnance italiens et espagnols, chargés des félicitations de leur gouvernement.

Le maire reçut l'amiral, présenta son Conseil ; mais là n'était point l'intérêt de la journée.

— Et notre capitaine ? interrogeait le marin.

— Il arrive sans doute au port, et nous l'allons trouver.

Une tribune avait été dressée sur le promontoire de Pimbrez, et l'on s'y rendit à petits pas, le cœur serré déjà d'un pressentiment et d'une angoisse. Peu à peu les vivats, les rires, le bruit s'éteignaient dans cette multitude en marche. L'attente, le désarroi, la crainte changeaient lentement la théorie triomphale en procession funèbre.

La *Reine des Mers* n'apparaissait pas encore au large.

Les tambours se turent, et la sonnerie des clairons tomba.

Il fallut chercher des explications.

Des barques se détachèrent du rivage et voguèrent à leur tour à pleines voiles vers l'îlot lointain. On différa la cérémonie.

Malgré les drapeaux, les feuillages, le fourmillement des habits de fête et des uniformes, les déblais de Pimbrez avaient maintenant un aspect lugubre, et semblaient un tombeau. Le ciel même s'assombrit.

Les barques rentrent enfin, mais elles ne ramènent qu'une femme évanouie et muette. Marianne et Anna ont reconnu, avec un cri de désespoir, Reine Aglarès. Elles la raniment en pleurant :

— Les autres ? Où sont les autres ?

Reine délire et ne répond pas.

Les pêcheurs n'ont rien trouvé là-bas que des vestiges de lutte et des traces à demi effacées par la marée.

Plus de *Regina*, plus de *Reine des Mers* !

Ils ont appelé. Pas un écho !

Ils ont escaladé l'arche monumentale et fouillé l'horizon du regard. Pas un point noir sur l'océan.

Les petits sanglotent autour d'Anna ; la Marianne réclame à grands cris son homme et son gars. Un deuil immense s'étend sur la foule, étreint les poitrines :

— Tous..... ils sont morts !..... Mon Dieu !..... Qu'est-ce que cela veut dire ?..... C'est impossible..... Non, non !

Un courrier fend alors la multitude.

L'amiral Darbel est rappelé d'urgence à Brest. Les flottes ennemies, qu'on croyait réduites, se concentrent à nouveau et fondent sur nous !

Alors une émotion profonde blêmit, creusa le visage du vieux marin.

Il manda Anna et Marianne, les deux mères, les interrogea, voulut tout savoir. Mais c'était toujours la même désolante réponse :

— C'est qu'ils sont morts..... Pour le capitaine Rex, tous, tous, ils se seront fait tuer jusqu'au dernier !

Devant Marianne et la mère Anna, seules survivantes de cette race de héros, le piquet d'honneur, sur un signe du chef, se rangea donc tout à coup :

— Présentez armes ! commanda l'amiral.

Les fusiliers tendirent leurs mousquetons :

— Au drapeau !

La sonnerie triomphale retentit sur les ruines de Pimbrez.

Puis, jusqu'au bord de la mer, l'officier s'avança. Le drapeau salua l'immensité. Et le marin cria :

— Ils sont morts ! Que l'océan soit leur glorieux tombeau ! Le capitaine Rex a fait assez pour l'immortalité, et son nom restera au seuil de nos victoires. Honneur à ces héros !... Dans les plis du drapeau souvent sont ensevelis les braves, et sur le drap funèbre de ses soldats la France épingle la croix arrivée trop tard pour décorer leurs poitrines !..... Daniel Conty, voici le drapeau et la croix..... Voici pour ton linceul !

Et, détachant d'une panoplie un étendard, cravaté de la médaille glorieuse, il brandit la hampe. Les trois couleurs se déployèrent au vent du large et s'engloutirent parmi les lames.

Les tambours battirent aux champs.

X

UN TRAÎTRE

De ce funeste événement, le général Dominique Aglarès n'eut connaissance que le lendemain.

Dans le laboratoire de la maison Servez et Cⁱᵉ, à Morteville, dans l'Orne, il mettait la dernière main à certaines formules chimiques et mécaniques. Son premier aéroplane était presque prêt ; les autres ne tarderaient guère. Il pensait partir dès le lendemain pour un premier raid vers Châlons et la grande bataille.

Un de ses aides lui lisait, durant les manipulations, les nouvelles, afin de ne point perdre de temps. Le général venait de poser une équation et n'interrompait point la lecture, sollicité des deux côtés à la fois par l'angoisse d'apprendre et le souci pressant de rectifier un dernier calcul.

L'armée latine, débordée sur les deux ailes, se retire sur Paris, sans engager la bataille. L'ennemi lui-même semble hésiter à donner le signal de cet affreux conflit, où vont être sacrifiées des milliers de vies humaines.

Le bâton de craie continuait de courir sur le tableau noir.

— Je serai là demain ! songeait le général.

On télégraphie de Brest que le capitaine Rex vient d'accomplir un nouvel exploit. Il a coulé au large du Croisic un destroyer ennemi, le *Queen Victoria*. Par malheur...

Le bâton de craie se brisa sur la main fiévreuse de Dominique Aglarès.

— Capitaine Rex ? Quel est celui-ci ?

Et sa pensée, par un pressentiment insurmontable, allait vers ce Daniel Conty, le fils de son diffamateur. Ne s'occupait-il point de navigation sous-marine ? Et d'où pouvaient venir en définitive ces 500 000 francs, miraculeusement destinés pour l'escadrille Aglarès ?... Daniel Conty, qu'aimait Reine ! Daniel Conty, son ennemi-né de la veille, que l'avenir lui réservait peut-être pour enfant !

— *Par malheur...* Continuez... J'ai l'x, mais il me reste à déterminer la valeur d'y... Je m'embrouille, voyons !... Lisez vite, mon ami.

Par malheur, son merveilleux submersible a disparu. L'amiral Darbel, qui s'était rendu à Bourg-de-Batz pour remettre au capitaine, au nom du gouvernement, l'étoile des braves, n'a trouvé trace ni du *Regina* ni du jeune officier. Son port d'attache de Pimbrez avait été déjà détruit la veille par le croiseur anglais. On le croit mort.

La main du général avait malgré lui suspendu son calcul. Le nom du traître Hans Staub lui vint irrésistiblement à la pensée.

— Lisez... lisez ! commanda-t-il d'une voix étranglée.

Dernière heure. — Comme pour épaissir ce mystère de Pimbrez, avec Daniel Conty et Yves Guihou, qui pilotaient le *Regina*, ont disparu le yacht *la Reine des Mers* avec son équipage, la mère du capitaine et plusieurs de ses amis. Seule, une jeune fille a été retrouvée inanimée sur la plage d'un îlot voisin, la Roche-Brodée. C'est la fille...

Ici, la voix du lecteur fléchit et s'arrêta, épouvantée. Le général s'était levé. Il avait arraché la feuille des mains de son aide. De grosses gouttes de sueur coulaient de son front. Il lut lui-même les lignes qui suivaient, lentement, péniblement, car ses yeux s'éblouissaient sur ces lettres tragiques, ses mains tremblaient, et le bruit même de son cœur battant semblait contribuer à étourdir sa pensée.

— Reine !... Reine !... Reine ! gémissait toute son âme.

Puis un effort surhumain de sa volonté redressa et transfigura le vieux soldat. Il rendit le journal d'un geste brusque et machinal, revint à son tableau comme un automate et dit d'une voix blanche :

— Il me faut tout de suite, à présent, la valeur de z... Prévenez, s'il vous plaît, M. Paul Servez que j'ai besoin de lui parler... Merci... Continuez maintenant : Je puis tout entendre !

Voici les résultats de notre enquête. Le yacht *la Reine des Mers* étant tombé entre les mains de l'ennemi, le capitaine apprit que le *Regina* ne pouvait désormais attaquer sans condamner en même temps à la mort sa mère, sa fiancée, ses amis. On lui proposait l'échange des prisonnières contre la remise de son sous-marin aux puissances confédérées, qui prenaient l'engagement formel de n'en point faire usage contre la France. A ces conditions, le Maître de la mer, vaincu par sa piété filiale, a consenti à se rendre, et nous donnons plus loin, comme documents, le plan de la chambre des machines, les détails du moteur, l'épure n° 3 de la coupe des caissons, etc., immédiatement livrés à la publicité de la presse étrangère. A Londres, à Berlin, cette miraculeuse capture a soulevé un enthousiasme général ; les flottes confédérées ont résolu d'attaquer à nouveau dans la journée la rade de Brest et d'y embouteiller nos vaisseaux. La France a perdu le plus puissant de ses défenseurs. L'on dit que, confus de cette défaite et de sa trahison, Daniel Conty se réfugie, avec tous ceux qu'il n'a pas su sacrifier à la patrie, dans l'île de Wight. Reine Aglarès n'aurait échappé que par hasard à une tentative de suicide, résolue d'abord par les deux jeunes gens pour ne point survivre à la honte de cette fugue mystérieuse.

Les chiffres s'allongeaient sur le tableau avec une vigueur furieuse, et, entre deux opérations, la pensée du général s'échappait en protestations subites, impétueuses :

— Roman !... Roman !... Roman !... D'où sortent des informations que rien n'autorise ni ne contrôle ? Et pas un mot du vainqueur ! Il cache son nom et sa main ! Elle est encore en tout ceci ! Hans Staub déshonore ses victimes !... Mais je sauverai, moi, celui que ma fille a aimé. Je le remplacerai, du moins, au poste d'honneur qu'il s'était choisi. J'achèverai, du haut des airs, son œuvre sur les flots... N'est-ce pas le canon que j'entends déjà gronder là-bas ?

Paul Servez entrait :

— Je pars à l'instant, Monsieur...

— Comment ?...

— Sur l'*Aglarès* !

— La mise au point définitive...

— Je partirai vaille qui vaille et coûte que coûte !

— Vos auxiliaires ne doivent arriver...

— J'en prendrai d'autres en chemin. La France, ni ma fille, ni l'honneur d'un nom qui m'est aussi cher à présent que le mien ne peuvent plus attendre une seconde leur salut... Je terminerai en nacelle les dernières manipulations dont je viens de fixer la formule. Adieu.

L'*Aglarès*, hors de l'immense hall, prit bientôt son essor, à toute envergure, vers Bourg-de-Batz, vers la Roche-Brodée, vers le canon, vers la bataille.

— Daniel Conty !... songeait encore le général. Non, ma fille n'a pu aimer un traître. Il n'aurait pas cédé même à cet abominable guet-apens... Cette ignoble invention qui court la presse exhale malgré soi son odeur juive, et j'y ai reconnu la main de Hans Staub ! Ce ne peut être que lui ! Et il a tenté le coup, peut-être, mais il l'a manqué. Daniel Conty est mort, il n'a pas racheté sa mère au prix d'une honte ! Mme Élise Conty serait morte, elle aussi, plutôt... Ce Juif allemand n'entend rien à nos âmes françaises, et sa bassesse reste l'éternelle faiblesse de ses perfidies... Allons !... L'*Aglarès* vengera du moins l'honneur de celui qui en arma mon bras. Car c'est lui, c'est lui, je n'en doute plus à présent, qui m'est venu en aide dans ma détresse. Déjà ces deux enfants se sont fiancés de cœur, en dépit de mes derniers scrupules : je ne voulais pas voir, je fermais les yeux, mais mon cœur aussi était complice ! Mes pressentiments devançaient l'heure du suprême pardon... Edme Conty, paix à ton âme ! Reine, voici ton père. J'ensevelirai du moins ton pauvre jeune amour dans cette gloire... et ton bonheur portera ce deuil éclatant, aux regards de l'innombrable armée des ennemis du *Regina*... En avant !

L'*Aglarès* fendait les nuages, le ciel, courait vers l'immense océan à travers l'azur immense ; et le Roi des airs volait à la revanche du Maître de la mer, comme l'Ange des nations chrétiennes contre le Léviathan du Nord.

TROISIÈME PARTIE

LA ROCHE-BRODÉE

I

LA COLÈRE DE MARIANNE GUIHEU

À Bourg-de-Batz cependant, depuis la veille, la plus sombre désolation régnait dans l'humble maisonnette où Anna Davesne s'était réfugiée avec Marianne Guiheu. Les deux veuves héroïques unissaient leurs douleurs et s'encourageaient malgré tout à espérer. Elles ne pouvaient croire à la soudaine catastrophe qui les frappait.

La vieille Anna avait couru la ville, en quête d'un bruit, d'un renseignement, d'un indice sur les chers disparus.

Marianne Guiheu, elle, était restée au logis, au chevet de la pauvre Reine, toujours inanimée.

Dès le seuil, la vieille Anna se laissa tomber sur une chaise en sanglotant :

— Ah ! pleurait-elle... les misérables ! les misérables !

Les petits, terrés dans un coin, déconcertés par cette douleur, regardaient ses larmes en tremblant.

Noël, le plus jeune, dit à l'oreille de sa sœur Yvonne :

— C'est à cause du père et de Jean, et du vieux Jordic, et de Laura, et de tous les autres. Elle ne les a pas retrouvés !

Marianne Guiheu descendait l'escalier :

— Qu'y a-t-il ? Qu'avez-vous appris ?

Anna jeta sans répondre devant elle un paquet de journaux qu'elle froissait sous son bras :

— Il y a... il y a...

Le chagrin, l'indignation la suffoquaient :

— Il y a... Est-ce que je sais ? Il paraît que c'est raconté dans leurs papiers. Ils me l'ont dit... Est-ce que je sais lire ?

— Moi, je sais ! dit Noël en s'avançant.

Les deux femmes le regardèrent. Anna reprit, la voix brisée :

— La demoiselle, comment va-t-elle ?... Ah ! si celle-là pouvait parler !

— Elle est toujours comme une morte.

— Tant pis !... Ou plutôt tant mieux, si tout ce qu'on dit n'est pas mensonge. Mieux vaut mourir de mal que de chagrin !

— Comment ! s'exclama Marianne Guiheu. Et qu'est-ce que tout cela veut dire ? Pimbrez brûlé, le capitaine en allé, mon homme et Mme Élise et tous les autres avec lui, n'est-ce donc pas assez, et quel autre malheur pourrait nous advenir !

— Noël, mon petit, lis ! dit Anna Davesne.

L'enfant s'était campé déjà, le papier au jour ; il lut d'une voix hésitante et chantante. Il lut sans comprendre, trop absorbé par l'assemblage des syllabes et des lettres pour en suivre le sens. Et ces pauvres sons, décousus et hachés, dans cette bouche ingénue, semblaient plus terribles encore et d'une fatalité plus cruelle.

Il lut le récit de la surprise en mer, du pacte déshonorant, de la trahison de Daniel Conty ! Il lut les commentaires atroces, où l'ironie des bravaches de plume se vengeaient enfin de l'offusquante renommée du capitaine. Il lut les invectives éclatantes contre le vainqueur d'hier et les humbles héros tombés à ses côtés !

Ces sottises, toutes fraîches imprimées, couraient déjà Bourg-de-Batz, et l'un des pires articles finissait par cette vision insultante d'une île vague, d'un eldorado de rêve, où Daniel Conty et sa mère, Yves Guiheu et Laura, échappés à nos périls, loin de la France déchirée et sanglante, heureux, payés, allaient couler un tendre tête-à-tête, sans souci du grand œuvre entrepris, de la croix lancée à la mer et des espérances de tout un peuple !

Sous les mots, sous les phrases, une à une, la vieille Anna se courbait toujours plus bas, écrasée de honte ; Marianne Guiheu, au contraire, se redressait, la tête haute, une flamme de colère aux yeux.

Au nom de Yves Guihéu, elle avait étendu la main comme pour dire :

— Assez !... Je connais mieux, moi, et le maître, et le vieux Jordic, et notre enfant ! Tout ça n'est pas vrai !

Dans son instinct de vieille femme française, dans toutes les voix de son sang et de sa race, elle retrouvait la protestation indignée et clairvoyante qui, à la même heure, soulevait contre le mensonge le cœur du général Dominique Aglarès ; et sans réfléchir à la disparition du traître, à sa mort probable, elle le devinait aussi sous ces perfidies :

— Ce failli chien de commandant Dumont en a menti ! Yves Guihéu n'aimera jamais qu'honnêtement une honnête fille !

Le petit continua, troublé par l'interruption, en ânonnant de plus en plus :

— Le ca-pi-taine Rex se-ra ra-yé du rô-le de l'ar-mée de mer...

Une rumeur, confuse encore, semblait monter depuis une minute de Bourg-de-Batz ; mais au même instant une ombre apparut au fond de la salle sur la porte entr'ouverte ; et la surprise et la joie tournèrent vers elle toute l'attention des deux pauvres femmes.

— Dé-fi-ni-ti-ve-ment Da-niel Con-ty se-ra con-si-dé-ré cette fois comme dé-ser-teur ! lisait Noël.

— Et pourquoi ? dit tout à coup la voix blanche. Et quelles sont ces infamies ? Marianne Guihéu, Anna, ma mère nourrice, croyez-vous donc à cet odieux mensonge ? De grâce, faites taire ce petit !... Ce n'est pas des insultes, c'est un prompt secours qu'il faut aux victimes de cette trahison !

— Mademoiselle ! s'étaient écriées les deux femmes.

Reine venait de se ranimer, elle avait entendu en bas le bruit de la discussion ; elle était descendue à son tour, chancelante, se cramponnant aux rampes, la tête étourdie du fracas de cent pensées incohérentes, mais soulevée, poussée par l'effroi, la vaillance, le désir de courir au plus tôt là-bas, vers la grève où les marins de Batz l'avaient retrouvée évanouie.

Ses mains tremblaient ; ses cheveux dénoués flottaient autour de sa pâleur jusque sur la robe qu'elle avait passée. Elle semblait, dans son suaire, une morte à peine ressuscitée.

Marianne Guihéu s'était précipitée à son secours et baisait ses mains.

Cependant le bruit avait grandi dans la rue. Des cris éclataient maintenant sous les fenêtres et l'on entendit des huées :

— Traîtres ! Traîtres ! Honte à ceux qui trahissent !...

Et c'était la foule jadis si enthousiaste, le chœur de l'apothéose, qui, déçu, trompé, affolé par les rumeurs nouvelles, venait faire payer aux veuves la rançon des acclamations passées. Les multitudes ont vite fait de se retourner contre leurs idoles : et la presse, en ces temps fiévreux de guerre et d'informations tragiques, mène et ramène le flot honteux de l'opinion, comme la tempête fait le flux et le reflux de l'océan aux jours d'orage et de grandes marées. L'histoire de toutes nos crises malheureuses, révolutions ou défaites, est pleine de ces revirements soudains, terribles et déments.

La fable de la trahison de Daniel Conty était trop bien ourdie pour n'avoir pas prise, sinon sur l'élite des grands cœurs, du moins sur la masse, toujours aveugle et impulsive.

Une rage folle ameutait déjà cette paisible population de la côte. Elle en voulait au héros de la grande espérance trompée qu'on avait mise en lui ; elle lui en voulait de toute la gloire souillée, qui était la sienne, et celle aussi de son pays ; elle lui en voulait des menaces terrifiantes de demain, que lui seul pouvait écarter ; de l'angoisse que sa faiblesse laissait retomber sur les cœurs, de la glorieuse victoire manquée, du triomphe insolent de l'ennemi qui venait !

Les cris en un instant emplirent toute la salle, où les trois femmes, tremblantes, s'étaient resserrées, surprises par cet éclat qui les accablait dans leur détresse.

Elles écoutaient, dans un silence de cauchemar et d'attente atterrée.

Reine, trop faible encore, s'était laissée retomber entre les bras de la mère Anna.

Les petits, épouvantés, se blottissaient derrière leurs jupes. Seule Marianne Guihéu semblait garder ou rappeler à elle toute sa vaillance.

Elle s'était redressée à nouveau dans la pauvre chambre assiégée d'insultes, parmi les cris, sous les regards qui perçaient les croisées et poursuivaient leur agonie ; elle marchait à la fiancée du héros méconnu.

D'un mouvement caressant et noble de femme et de mère, elle s'était mise à genoux devant Reine et elle disait :

— Non, non, je ne l'ai jamais cru ; et il faut les défendre, Mademoiselle. Pouvez-vous marcher ? Pourriez-vous parler ?... Il a besoin de vous, Mademoiselle Reine ; il vous aimait... Je le connais, moi, comme je connais Yves et Jordic ; et vous êtes la marraine du *Regina*, et c'est votre nom en langue d'Église qu'il a donné au bateau à son baptême. Reine Aglarès, Mademoiselle, levez-vous, je vous en supplie, pour l'honneur de Daniel Conty ?

Reine Aglarès se dressa toute blanche, et

la vieille reprit, la voix gonflée d'enthousiasme et de colère :

— Daniel Conty n'a point trahi ! Vous le savez, il faut le dire !

— Je le dirai.

Justement la porte cédait sous la poussée populaire, mais les plus enragés soudain reculaient et se taisaient devant ce groupe de douleurs. Marianne courait au-devant de l'invasion, les bras tendus ; elle allait jusqu'au seuil, refoulant la cohue. Sa haute taille emplissait la porte, et sa voix sonna dans la rue.

Elle avait reconnu, au premier rang des manifestants, des amis, des voisins, les obligés de Pimbrez :

— Ah ! criait-elle, c'est vous, vous !... Que voulez-vous à celles dont les hommes sont morts, gens du Bourg et du Croisic ?... Quoi ! c'est toi, Bacouël le charron, toi Le Baz mon compère, toi le pêcheur de sardines Jean Crézol, toi le saulnier Contenet, et tous, et tous ?... Que faites-vous là ?... Est-ce le pain de Pimbrez, et le cidre, et le vin pour les malades, et le bouillon pour les petits de ceux qui sont péris en mer, est-ce tout le bien que le maître de là-haut vous a fait qui vous remonte, mauvais cœurs, et qui vous étouffe ?... Que disiez-vous donc tout à l'heure ? Qui parlait de trahison ? Qui osera me dire cela en face, à moi, la femme de Jordic, la mère à Yves Guihen ?... Qui de vous accusera devant moi celui que vous ne connaissez pas, le vainqueur de Brest, le vainqueur du *Queen Victoria*, dont l'ennemi bombarde les maisons ?... Et pourquoi donc aurait-il trahi ? Parce qu'il était nommé capitaine ? Parce qu'on lui donnait la croix ? Parce qu'il était triomphant ? Parce qu'il a consacré jusqu'ici à son pays toute sa vie, toute sa fortune ? Parce qu'il avait assez fait sauter d'Anglais et de Prussiens avant de leur tendre la main ?... Ah ! ah ! ah ! vous vous moquez, bonnes gens, mauvaises têtes ?... Pour sa mère ? dites-vous tout bas. Pour sa promise ? Bonnes gens, écoutez-moi. Je ne suis qu'une pauvre femme, mais s'il avait fallu me passer sur le corps pour sauver le capitaine, j'aurais crié à Yves, à Jordic, à tous : « Tuez-moi ! passez ! sauvez-le », et je me serais jetée sous leurs pieds. Je connais Mme Élise ! Ils n'ont point trahi pour une femme !... Bonnes gens de Batz, dites que non !

La foule hésitait. Des têtes s'étaient baissées, et Bacouël, et Contenet et les autres commençaient de penser tout bas :

— Elle a raison... Non... Non...

Et le murmure d'une bouche à l'autre courut, s'enfla :

— Non, non ! Elle a raison ! Ils reviendront !

— Ils reviendront, reprit Marianne. Pour une femme, ils n'ont point trahi !... C'est vous, vous, qui avez sauvé et ramené celle qu'il aimait, mon maître, Daniel Conty, le capitaine. Serait-ce donc pour celle-là plutôt qu'il a trahi ? Elle est ici, vous l'avez vue, la voilà. Bonnes gens, ne saviez-vous pas son nom ? Reine Aglarès, la fille du Roi des airs ! Ah ! que n'est-il là, son père, le général ? Que n'est-il là, le Maître de la mer ?... Ces noms-là sonnent-ils la trahison ? Et qui donc, qui le premier a osé cracher sur ces noms-là ? Qui donc a osé trahir en eux la gloire de la France ?... Tenez, allez-vous-en ; j'ai honte pour vous ! Vous ne méritez pas même de savoir autre chose ni de l'entendre, elle, la chère demoiselle, d'apprendre de sa bouche la vérité ! Mais ce n'est pas pour vous qu'elle dira, c'est pour eux !... Écoutez-la.

Elle avait pris Reine entre ses bras et l'avait amenée jusqu'au seuil ; et voilà que toute cette foule, remuée, à nouveau ramenée, partait en acclamations, en applaudissements, en bravos. Le nom de l'héroïne volait de lèvres en lèvres :

— Reine, Reine Aglarès... la fiancée de Daniel Conty !

Et la vieille femme, ravie, éplorée, bouillante encore de colère et de douleur, balbutiait à présent :

— Oui, c'est elle... Bonnes gens du Bourg, trahit-on pour l'avoir aimée ?

— Non, non, non !

— Pour leurs promises, nos marins savent vivre et mourir en braves : pour la France et pour celle-ci, les nôtres sont morts ou vivent sans tache, croyez-le bien !

— Oui ! oui !

— La demoiselle est la seule qui soit revenue de là-bas, la croirez-vous ?

— Qu'elle raconte ! Qu'elle raconte ! cria la foule.

Marianne Guihen fit asseoir la jeune fille sur le pas de la porte :

— Elle racontera, mais elle est si faible ! Écoutez bien ; sa voix n'est pas comme la vôtre habituée à se faire entendre par-dessus le fracas de la mer. Tenez vos langues, et qu'on se taise comme au prône...

Hommes et femmes étaient déjà aux écoutes, les uns debout, les autres assis, aux premiers rangs, sur les trottoirs, sur le rebord des fenêtres ou des talus d'en face.

Un vol criard de martinets passa dans le ciel clair, et Reine Aglarès commença de parler.

II

LE RÉCIT DE REINE

— Nous étions partis de bonne heure, dit-elle, le vent soufflait de terre, la marée achevait de descendre, la *Reine des Mers* avançait vite. Et nous causions tranquillement, Mme Elise, Laura, Jacques Frézal et moi, tandis que le vieux Jordic, François et Jean veillaient à la manœuvre. Tout allait bien, lorsqu'aux trois quarts du chemin une fumée parut à l'horizon...

— Ah ! malheur ! dit un marin.

— C'était l'Anglais ! devina la foule.

— Chut ! fit Marianne.

— Nos marins délibérèrent, continuait Reine. Ils avaient vite reconnu, à la marche et à la coque, un second destroyer ennemi, à la recherche sans doute du *Queen Victoria*. François Davesne voulait retourner en arrière, mais Jordic l'en empêcha :

— Contre la brise et le jusant, dit-il, le yacht ne peut avancer. Aussitôt signalés, nous serons rejoints et coulés. Mieux vaut profiter du vent pour courir à la Roche-Brodée. Le capitaine avisera, et nous le préviendrons. Par malheur, le croiseur venait droit sur nous. Nous avait-il aperçus ? Je ne sais, mais il avait déjà son but et son dessein. Il allait nous atteindre quand nous abordâmes au rocher ; mais Jacques Frézal avait pris le porte-voix et appelé à toute haleine :

— Capitaine ! Capitaine Rex !

Le capitaine Rex nous attendait. L'eau bouillonna dans le chenal au pied des rochers, et la tourelle triangulaire du *Regina* apparut sur les flots. Daniel Conty déjà nous parlait.

— Soyez sans inquiétude... j'ai vu l'Anglais... Je vais me débarrasser de sa présence... Attendez...

Le *Regina* plongea de nouveau. Notre angoisse fut de courte durée. Nous vîmes soudain le bateau ennemi chanceler, puis s'enfoncer lentement dans l'eau. Les hommes couraient sur le pont... Celui-ci bientôt céda sous la pression de la mer qui emplissait déjà la cale... Les machines sautèrent et le destroyer s'abîma dans les flots. Quelques barques qui cherchaient à s'échapper furent soulevées et éventrées. Cinq minutes après cette redoutable exécution, le *Regina* reparut. Daniel Conty ouvrit le capot et nous salua de la main.

— Dans une minute je vous rejoins, je prends place dans la *Reinette* qui m'amènera jusqu'à terre.

Le canot toucha bientôt la rive. Daniel Conty vint à nous les bras tendus. A petits pas, nous nous dirigeâmes vers la Roche-Brodée, laissant Yves à bord du *Regina*. Le capitaine Rex nous expliquait que la *Reinette*, reliée par un fil électrique au sous-marin, la rejoindrait tout à l'heure d'elle-même, et notre admiration redoublait pour l'homme qui avait conçu et exécuté cette redoutable merveille de mécanique. Nous approchions du sommet... Soudain nous entendîmes un grand cri :

— Capitaine, les ennemis !..... Trahison !

C'était Yves Guiheu.

Mais déjà vingt voix qui criaient : Hurrah ! couvraient la sienne. Les Anglais avaient tendu au capitaine Rex un piège qu'il eût été difficile de déjouer. Le vaisseau qui s'était si imprudemment approché de l'îlot était une victime sacrifiée à l'avance. Tandis que Daniel Conty se croyait à l'abri après l'avoir fait sauter, un sous-marin traîtreusement s'était glissé sous les eaux et était venu surprendre le *Regina* jusque dans sa retraite. Dix hommes environ environnaient le submersible et attaquaient Yves Guiheu à son poste.

Daniel Conty, cependant, à l'appel de son lieutenant, avait bondi et déjà il dévalait la pente. Il ne nous avait point quittés qu'entre lui et nous surgissaient des soldats armés. La moitié nous attaqua, l'autre l'assaillit. Nous formions alors sur l'îlot trois groupes différents. Daniel Conty seul à l'avant ; un peu à l'écart, Jacques Frézal et Laura ; en arrière, Mme Elise, Jordic, François et moi. En un clin d'œil, nous fûmes tous environnés. Jordic, François et Jean nous faisaient un rempart de leur corps. Ah ! ils se battirent en braves... mais quoi ! ils étaient sans armes. A coups de poings, à coups de tête, en vrais Bretons, ils abattirent bien quelques ennemis, seulement ils étaient trop ! Malgré leur résistance nous fûmes renversés, ligottés, emportés.

Daniel Conty, un peu plus bas, se défendait courageusement, lui aussi... Nous l'entendîmes qui criait à Jacques Frézal — celui-ci avec Laura cherchait sans doute un abri vers la *Reinette* :

— Jacques... au canot !... Il te ramènera au *Regina* !

Nous ne sûmes rien de plus... Déjà une barque nous entraînait à bord du yacht la *Reine des Mers*, avec laquelle nos ennemis comptaient prendre le large et rejoindre des navires que l'on apercevait à l'horizon... On nous amena sur le pont. Nous y rencontrâmes un personnage nouveau, le traître qui avait machiné le guet-apens... Marianne Guiheu, vous le connaissez aussi, celui-là, et moi je l'ai déjà deviné...

— Le faux commandant Dumont !

— Oui... celui que Daniel Conty avait sauvé des flots au moment où il allait périr en pleine mer ; le major Hans Staub tombé du *Juliot*, Hans Staub, l'espion juif et prussien.

De toutes parts, des poings menaçants se tendaient parmi l'auditoire de Reine Aglarès.

— Celui, reprit-elle, qui avait déjà trahi mon père et la France, maîtresse des airs.

— Hans Staub ! trépigna la foule. Le Judas de Berlin !

— De celui-là, nous n'avions point de pitié à espérer, car, aujourd'hui démasqué, il avait à se venger de nos affronts et de notre dédain. Et comment a-t-il deviné Daniel Conty ? Il le haït avec fureur. Jadis, en effet, cet homme avait osé demander ma main à mon père, et c'est sa rancune qu'il songeait à assouvir, sur des femmes et contre un héros. Il eut l'audace de me faire délier sous les yeux de Mme Élise qu'il réservait à d'autres desseins ; de me dire qu'il me considérait à son tour comme reine et maîtresse à son bord, contre la promesse de ne point chercher à m'enfuir et de le suivre sur parole.

— Le monstre ! s'indigna la foule.

— Je lui répondis que tant que j'aurais un souffle de vie, mon unique volonté serait de lui échapper.

— Bravo ! Bravo !

— Et mon premier soin fut de délier à son tour Mme Élise Conty, ma noble et tendre mère.

En vain tenta-t-il de m'en empêcher :

— Monsieur, lui dis-je, si vous osez me retenir, la mer n'est pas loin, et le premier usage que je ferai de ma liberté sera de m'y engloutir pour me délivrer de votre présence odieuse...

Ici les paludiers, les matelots, les petits boutiquiers de Bourg-de-Batz ne purent davantage contenir leur émotion. Ils lançaient en l'air leurs chapeaux aux larges rubans de velours. Les femmes invoquaient, dans l'enthousiasme de leur admiration, tous les saints du paradis. Mais Reine reprit :

— Si je vous conte au long tant de détails, c'est afin de justifier tout à fait les victimes de cet homme de proie, pour que vous compreniez à la fin comme moi comment s'est mûrie dans son esprit l'atroce calomnie qu'il a réussi à faire publier contre ceux qu'il a trahis.

Un sourire sinistre se jouait sur ses lèvres.

— Bah ! dit-il enfin, qu'importe, après tout ? Vous nous accompagnerez donc toutes les deux, et ce sera plus sûr... Car il me faut l'homme de la Roche-Brodée, et c'est par vous que nous l'aurons vivant... A vous, il ne résistera point. En avant...

J'appris ainsi par la bouche du traître que les Anglais ne s'étaient point encore emparés du capitaine Rex, qui tenait toujours dans l'îlot. Une seconde expédition s'était préparée, et, mieux armée, triée sur le volet, elle allait monter à l'assaut du rocher.

Reine Aglarès s'arrêta net.

A l'entrée de la rue, deux silhouettes de gendarmes à cheval venaient d'apparaître. Averti enfin du tumulte, en quête de renseignements officiels, la maréchaussée de Bourg-de-Batz s'émouvait à son tour et arrivait à la rescousse.

— Où allez-vous ? Où allez-vous ? demanda la foule autour des cavaliers.

Ils ne répondaient point et poussaient silencieusement leurs montures à travers les rangs.

— Où allez-vous ? Où allez-vous ?

Leur mutisme irrita les Bretons.

On se jeta à la bride des chevaux ; quelques-uns s'apprêtaient déjà à désarçonner les gendarmes.

— Parbleu ! dut expliquer à la fin le brigadier, ce n'est pas pour les arrêter, bien sûr... C'est pour les voir, Anna et la Marianne, et les interroger, et aussi la demoiselle... Place !

— Non... laissez-les ! Tourmenter des femmes ! c'est une honte ! Vous ne passerez pas !

Les plus hostiles, les plus forcenés de tout à l'heure se posaient en défenseurs, en chevaliers servants de l'innocence. Le flot se fit si pressé devant les cavaliers, qu'il les réduisit à l'immobilité.

— Si vous voulez savoir, il n'y a qu'à faire comme nous, gendarmes, écoutez donc ! La petite demoiselle explique ça tout au long... Ne bougez plus.

Ils s'arrêtèrent.

Et Reine continua son récit.

III

L'ASSAUT

— Le plan du traître était féroce et hideux comme lui ; mais il avait trop jugé les autres à sa taille. C'est l'éternelle sottise de ces grands fourbes.

Le piquet des marins nous poussa à terre et monta derrière nous vers l'arche de pierre qui couronne la Roche-Brodée.

Daniel Conty s'était réfugié là-haut, sur la plate-forme. Les dix hommes qui gardaient le *Regina* n'osaient l'attaquer. Il ne se montrait point ; mais nous le savions armé. La veille, nous avions vu là quelques fusils qui lui servaient pour des signaux et pour la chasse aux mouettes, lorsqu'il voulait.

Sa mère criait en montant la rampe.

— Daniel !... N'aie pas peur, mon enfant. Ne pense pas à nous. Tire !...

Il ne tirait pas ; mais un canon de fusil brilla sur le rebord de la plate-forme. Nous montions toujours. Hans Staub cria d'en bas à son tour :

— Rends-toi, Daniel Conty ! Le *Regina* est pris, et les femmes sont en avant. Prends garde... A quoi bon résister ?

— Ils veulent t'avoir vivant, dit Mme Conty. Tire ou sauve-toi !

Nous touchions à l'arche. Deux coups de fusil partirent. Les deux marins qui nous maintenaient tombèrent. Nous nous précipitâmes en avant. D'un bras, le capitaine nous hissa à ses côtés ; de l'autre, il faisait rouler sur les assaillants une avalanche de rochers.

La meute recula.

Adossés à l'arcade, nous aidâmes alors à la défense. Les fusils et le revolver du capitaine faisaient rage. Nous, nous lancions les pierres de la muraille. Mais des renforts arrivaient de tous côtés à Hans Staub. Nous fûmes cernés bientôt. Abrités par les anfractuosités du rocher, les marins anglais montaient à l'escalade. Ils n'étaient plus qu'à quelques mètres de nous. Impossible de les en déloger. En un clin d'œil, ils abordèrent de tous les côtés à la fois notre petite forteresse.

Mme Elise poussa un cri terrible. Au moment où elle saisissait sur le rebord de la plate-forme un dernier projectile, une main avait pris la sienne et la tirait en avant. La noble femme eut le courage de lever de l'autre bras son caillou et de frapper. La main de l'adversaire fut broyée sur ses pauvres doigts meurtris, et l'homme roula encore.

Mais comme je me détournais à son cri, deux bras m'avaient saisie à mon tour, et j'entends le ricanement de Hans Staub à mon oreille.

— Capitaine, criait-il, rendez-vous !

Je le couvrais tout entier. Daniel Conty, acculé à la muraille de roche, leva son arme ; mais sa main tremblait, il ne voyait plus son ennemi.

D'un bond suprême, il se retourna vers les autres assaillants. Son revolver jetait des éclairs. Les Anglais tombaient. Affolés par cette résistance, ils ripostaient à leur tour ; mais Hans Staub écumant hurlait :

... Non, non ! Ne tirez pas... Vivant, il me le faut vivant !

Et il avançait toujours, se servant de moi comme d'un bouclier.

J'eus encore la force de dire aussi :

— Mais tirez donc, Daniel !... Je ne veux pas tomber vivante entre ses mains. Défen-dez vos secrets ! Défendez-moi ! Tuez-moi !

L'arme se retourna vers mon visage. Mais Daniel Conty la jeta tout à coup, fumante :

— Pardonnez-moi, Reine. Je ne peux pas ! Il était prisonnier !

Mais je l'atteste, bonnes gens, sur mon salut, ce n'est pas le *Regina*, ce n'est pas le salut de la France qu'il a livré pour nous sauver la vie ; ce n'est que la funèbre gloire d'échapper par la mort à la défaite et l'horreur de nous immoler de sa propre main... Qui veut lui jeter encore la première pierre ?

Une immense acclamation monta de la rue. Mais Reine Aglarès n'avait pas fini. Elle fit signe de la main, et le bruit tomba.

On nous ramena jusqu'à la *Reine des Mers*. Mais Hans Staub, après avoir renvoyé les marins anglais, était resté dans l'île près du capitaine Rex, garrotté. Il allait redescendre dans le *Regina* avec une de ses âmes damnées, Carl Brands, que je reconnus. C'est lui qui conduisait à Viroflay l'automobile du major.

Les deux Allemands espéraient arracher à Daniel Conty et à Yves Guiheu le secret de leur sous-marin, afin de retourner contre les flottes alliées de la Ligue latine ce redoutable engin de victoire. Il ne s'agissait pour eux, après les premiers essais en mer, que de retrouver le second port d'attache souterrain du capitaine Rex. Dans cette caverne, semblable sans doute à celle de Pimbrez, ils retiendraient prisonniers tant qu'il le faudrait les deux Français et les réduiraient par la faim et par les tortures...

Il y eut dans l'auditoire un murmure d'indignation et d'horreur ; personne n'osait plus élever la voix, et la Marianne Guiheu pensa plutôt qu'elle ne dit :

... Le second port... Prisonniers !... Est-il encore temps, mon Dieu ?

— Cependant, continuait d'expliquer Reine, un autre émissaire se chargerait d'étonner la France et de décourager les esprits par des nouvelles alarmantes. Il répandrait le bruit d'une trahison dans ces milieux obscurs, où la presse les ramasse chaque jour pour des grossir et les colporter. Ainsi s'éteindrait tout intérêt pour les victimes et serait déconcertée à l'avance toute tentative de secours. Bref, tout un plan infernal qui ravalerait jusqu'à la boue et à l'oubli des vaincus, dont la gloire gêne éternellement le vainqueur honteux.

— Quant à vous, Mademoiselle, m'avait dit Hans Staub avant son départ, je vous retrouverai bientôt, je l'espère.

Je lui tournai le dos avec mépris.

Et lorsqu'il eut disparu, j'allai baiser la main blessée de Mme Elise :

— Chère mère, lui dis-je, voyez si je puis rien encore pour vous soulager ou vous défendre. Je ne veux pas, je ne veux pas rester au pouvoir de cet homme.

De grosses larmes coulaient de ses yeux tandis que je lui exposais mon dessein, et sa figure si sereine et si douce entre ses bandeaux blancs devenait plus pâle que jamais ; elle-même pourtant me dit :

— Va, ma fille. Que Dieu te protège, je te bénis !... Mais voilà que je n'ai plus d'enfants !

Un instant nous priâmes dans les bras l'une de l'autre, mais nous nous éloignions rapidement de la Roche-Brodée, et il était temps d'exécuter mon projet.

Je suis bonne nageuse, ayant passé tous les beaux mois de mon enfance ici, sur la plage de Batz. Les marins restés sur la *Reine des Mers* pour la manœuvre étaient occupés aux mâts ou aux cordages. J'essayai de descendre à la cale, où restaient enfermés Jordic, François Davesne et Jean. Une sentinelle gardait l'escalier. Alors je remontai sur le pont, je me penchai sur les bastingages, je me laissai glisser dans les flots, avec un grand signe de croix.

— Que les saints anges à présent, pensai-je, me guident et me protègent !

Je me mis à nager de toutes mes forces vers l'arche de la Roche-Brodée.

L'équipage s'était aperçu de ma fuite. La *Reine des Mers* stoppa. Les matelots anglais se consultèrent. Il leur était difficile de mettre un canot à la mer ; leurs ordres étaient exprès, ils devaient fuir au plus vite afin de n'être point aperçus de la côte et de déconcerter les recherches. Mais que dirait Hans Staub ? Ils hésitaient.

Tout à coup j'entendis derrière moi un grand tumulte. Je me retournai du côté du yacht. Des cris, des coups de feu crépitèrent au gaillard d'avant. Une lutte terrible se déchaînait à bord. Une fumée épaisse tourbillonna dans le ciel. Je compris quel drame soudain venait d'éclater.

Jordic, François et Jean avaient brisé leurs liens et tentaient de s'évader en délivrant Mme Élise. Mais quels étaient les vainqueurs ?

— Bonnes gens, s'ils sont morts, récitons un *Pater* pour leurs âmes et un *Ave* pour qu'ils aient échappé et qu'ils reviennent.

Toute la rue était à genoux déjà. Anna et Marianne songeaient :

— Ah ! nous le savions bien. Bravo, nos hommes ! Ceux-là reviendront.

— Mais où est Yves ?

— Qu'est devenue Laura ?

Nul ne songeait à Jacques Frézal.

— Je vis encore, dit Reine, un canot se détacher de la *Reine des Mers*, tandis que le yacht s'abîmait dans les flammes. Ce fut tout.

Déjà mes forces s'épuisaient. La fatigue m'engourdissait, je nageais d'un effort inconscient. Est-ce un dernier mouvement machinal, est-ce le flux qui m'a portée jusque sur la grève ? Je ne sais plus..... Je ne me rappelle rien ensuite.....

Depuis quelques minutes, Marianne Guihen avait réfléchi et ne tenait plus en place.

— Prisonniers !..... le second port !..... Écoutez, bonnes gens, s'il y a quelque caverne comme celle de Pimbrez, c'est sous l'arche de la Roche-Brodée, et le capitaine et mon gars y sont peut-être encore !..... Peut-être le lieutenant et Laura Davesne !..... Venez, venez vite ! Nous les sauverons ! Si nous ne pouvons passer par le chenal sous-marin, nous percerons le rocher..... Pourrez-vous aller jusque-là, Mademoiselle Reine ?..... Qu'on prévienne M. le recteur, il priera pour les morts, si nous ne retrouvons pas les vivants !..... Et nous reverrons peut-être le canot, Jordic, François et Jean, qui s'attardent..... Braves gens, bonnes gens, gens du Croisic, de Bourg-de-Batz et du Pouliguen, à vos barques ! Au secours du capitaine Rex, contre le traître, pour la France !

IV

« DE PROFUNDIS »

Bientôt toute une flottille eut pris la mer.

Les voiles blanches, les voiles bleues, les voiles vertes s'ouvrirent comme des ailes et s'arrondirent au vent. Il y avait là la *Paludière*, et la *Blanche-Nef*, et la *Jeanne-Marie*, et la *Guérandaise*, et d'autres, et d'autres. Toutes étaient pleines comme des grenades ouvertes. Elles s'avançaient en bel ordre, rangées en triangle, tel un vol de cigognes. En tête marchait la *Belle-Croix*, qui emmenait M. le recteur en chape noire. Le bedeau portait la croix, et deux clercs tenaient l'encensoir et l'eau bénite. Anna, Marianne, Reine et les petits avaient pris place dans les deux barques suivantes. Les braves gens emportaient avec eux des pics, des leviers, des cordes. Les gendarmes eux-mêmes suivaient la foule. Et les cloches à toute volée sonnaient sur le rivage. Hommes et femmes récitaient le chapelet pour les âmes en détresse.

En une heure l'on fut à la Roche-Brodée. La journée s'avançait.

Tout l'îlot fut fouillé jusqu'aux moindres recoins. Les anses, les trous d'eau eux-mêmes furent explorés aux alentours. Les épieux remuaient le sable. Rien.

Seuls les débris des armes de Daniel Conty furent retrouvés sous l'arche triomphale.

Tout à coup un cri jaillit.

— Un corps au large !

La foule anxieuse se porta de ce côté-là. Anna, Marianne tremblaient de reconnaître l'un des chers disparus ; mais ce n'était que le cadavre d'un Anglais abattu par Daniel Conty ou tué là-bas sur la *Reine des Mers*. Les Bretons voulaient le rejeter dans les flots. Le prêtre s'interposa.

— C'est un soldat, dit-il, mort pour son pays. Dieu punisse les félons et les lâches ; mais paix soit à tous les braves !

Une fosse fut creusée dans le sable, on y ensevelit l'étranger. A mi-voix, le recteur récita les prières des morts. Déjà les pêcheurs s'étaient éloignés. Marianne les avaient conduits jusqu'à la plate-forme. Plusieurs des plus hardis avaient escaladé l'arche et fouillaient des yeux l'horizon, du côté du large. Ils n'apercevaient point de canot, et un grand découragement saisit la femme du vieux Jordic. Reine et sa nourrice pleuraient silencieusement.

— Ah ! dit Marianne, c'est pour ceux-là surtout qu'il faut prier !..... Ils seraient déjà revenus s'ils n'étaient morts. C'est l'Anglais que le canot a emporté vers l'océan..... Ayez pitié de nous, mon Dieu !

Les pêcheurs branlaient la tête. M. le curé retira sa barrette devant la croix que brandissait le bedeau. Et sa voix s'éleva, au nom de ceux qu'ensevelissait sans doute la mer profonde :

— *De profundis clamavi ad te, Domine.....*

Le clerc balançait régulièrement l'encensoir, d'où s'échappait à chaque extrémité de sa course une volute de fumée bleue ; la foule répondait en chœur :

— *Fiant aures tuæ intendentes.....*

La psalmodie puissante et lugubre montait dans le grand ciel clair, élargissant à l'infini sur la mer ses ondes sonores et ses vagues mélodiques, accompagnées de la plainte innombrable et du sanglot sourd de tous les flots.

Et voici que tout à coup, des entrailles mêmes de la terre, des voix répondirent, étouffées et lointaines :

— *Si iniquitates observaveris Domine ; Domine, quis sustinebit ?*

Tous ces Bretons agenouillés se levèrent en proie à une soudaine et religieuse épouvante ! Des hommes étaient là sous leurs pieds, on le leur avait dit, ils étaient venus pour les délivrer. Et cependant, en entendant ces voix qui sortaient de la terre comme d'une tombe, le frisson de l'au-delà soulevait leurs cheveux, faisait claquer leurs dents, bouleversait toute leur âme de Celtes nourris de légendes et de superstitions pieuses, comme si leur prière, perçant les voûtes des enfers, suscitaient du fond du gouffre de la mort des âmes revivifiées.

La voix du prêtre, forte encore, mais frémissante, attaqua le quatrième verset, au milieu d'un silence de surnaturelle horreur.

Les voix mystérieuses répondirent encore !

La multitude entière se signa ; une fumée de terreur brouillait tous les yeux. Mais la Marianne criait :

— Ils sont là..... Je l'avais dit ! Ils sont là, le maître, et Yves, et Laura peut-être, et M. Frézal..... Mademoiselle Reine, n'avez-vous pas reconnu les voix ?

Reine pleurait sur ses mains jointes.

— J'ai reconnu *la sienne*, répondit-elle, prête à perdre à nouveau le sens.

— Hélas ! hélas ! murmurait la foule. Non, ce n'est pas eux, ce sont leurs âmes !

Et, courant le long des rampes, affolée, tragique, les deux mains en porte-voix, Marianne appelait vers la terre :

— Capitaine !... Yves !... Yves Guiheu, m'entends-tu !..... Je suis là. C'est moi !..... Ah ! pourquoi François n'est-il pas avec nous ?

Plus d'un marin avait collé son oreille au rocher et épiait la réponse. Mais un brouhaha subit détourna l'attention et couvrit la voix souterraine. Une autre voix répondait du rivage et du bord de l'océan :

— Nous voici !... Femme, qu'y a-t-il donc ?

Le canot de la *Reine des Mers* abordait du côté du Croisic ! Perdu parmi les dernières barques retardataires dérivant de la côte ; personne ne l'avait remarqué. Il abordait à son tour.

C'était Jordic, c'était François, c'était Jean Davesne ! Les pêcheurs les portaient à moitié en triomphe ; et le prêtre soudain coupa la prière funèbre de l'hymne d'actions de grâce.

— *Te Deum laudamus !*

Mme Elise Conty était déjà dans les bras de Reine Aglarès ; et cette nouvelle aventure fut bientôt contée. Avec leurs dents, les trois hommes avaient scié leurs liens au fond de la cale du yacht ; à coups d'épaule, la porte avait été enfoncée, la sentinelle bousculée. Sur le pont ils s'étaient jetés sur les armes. Le canot était resté en leur pouvoir, tandis que l'incendie allumé par eux dans leur réduit pour retenir l'équipage et empêcher la poursuite consumait le navire. Mais ils n'avaient trouvé dans le canot que deux avirons. Un fort *couraux* les avait entraînés jusqu'au delà du Croisic, et c'est seulement une fois munis d'autres rames qu'ils avaient pu accourir derrière la flottille.

La vaillante Marianne sanglotait à présent de joie, assise au bord de la plateforme, la tête dans son tablier.

— Et Yves ? demandait cependant Jordic.

— Et Laura ? s'inquiétait François.

Il fallut à leur tour les renseigner ; mais leur retour ranimait les courages et les espérances. Ils prirent vite la direction des travaux.

A un endroit où la roche parut plus sonore, on l'attaqua. Les hommes piochaient, les femmes déblayaient Le prêtre, qui était descendu vers la grève, soudain revint, brandissant une voyante épave. C'était le drapeau, épinglé de la croix, que l'amiral Darbel avait lancé vers l'infini à l'adresse du héros disparu. On le hissa au sommet de l'arche glorieuse, et un souffle puissant d'enthousiasme rafraîchit les poitrines.

Vraiment la paroi de la rotonde souterraine devait être assez mince en cet endroit, car la roche sonnait de plus en plus. Chaque coup de pic éveillait dans la masse minée un écho puissant et sourd, une basse solennelle, comme au seuil d'une église.

Une sorte de puits de mine était déjà creusé, où les travailleurs se relayaient afin que l'âpre labeur ne cessât point. Des cordes les soutenaient sous les aisselles, pour que, le roc venant à céder brusquement sous leurs pieds, ils ne fussent point précipités dans l'abîme.

Mme Elise et Reine ne cessaient point de prier. Leur vie était au fond de cette fosse.

Enfin l'un des carriers improvisés cria :

— La roche est fendue et ne sonne plus !

Puis un autre annonça :

— Voici le vide !

Jordic s'était penché sur le trou et appelait de toutes ses forces.

Rien ne répondit.

Une grande angoisse étreignit à nouveau toutes les âmes.

Jean Davesne voulut descendre jusqu'au fond du gouffre, et l'on attacha les cordes bout à bout. Il se laissa glisser vers l'eau qui miroitait au fond de la cuvette, armé d'une torche et d'un revolver.

Il fallut le remonter bientôt.

La grotte était basse et large. Tout alentour, les parois avaient été taillées et aménagées. Des rebords supportaient une série d'appareils. Ici des torpilles dormaient sur les saillies du rocher ; là s'entassaient des caisses de fer pleines de vivres et de munitions. Des fils couraient le long des anfractuosités, parmi les algues et les mousses ; et sous les reflets de la torche, la voûte s'illuminait d'éclairs humides et d'un scintillement de paillettes.

Mais Jean Davesne appela en vain :

— Capitaine !... Yves Guilheu !... Laura !...

Sa voix emplit la nef retentissante, retomba sur lui en une cascade d'échos puissants ; aucune autre voix ne répondit. Il n'y avait personne dans la grotte de la Roche-Brodée ! La torche, en touchant l'eau, l'éclaira jusqu'aux profondeurs ; pas trace du *Regina !* La corde descendait juste au milieu de la cuvette, et il n'était pas commode d'explorer les bords. A quoi bon, du reste ?

Jean Davesne remonta consterné.

— Je n'ai trouvé personne.

— Mon Dieu, sauvez-les ! sanglotaient les femmes... Et qui donc chantait là tout à l'heure ?

— C'étaient leurs âmes !

Il faisait tout à fait sombre à présent. Des grondements lointains emplissaient le soir.

Au large de Brest, c'était la grande bataille navale qui recommençait.

Et presque aussitôt, une détonation formidable, mais sans cause connue, ébranla le chenal, au bas de la Roche-Brodée. Un remous de l'océan agita les barques autour de l'îlot.

La peur prit alors les Bretons. Ils se précipitèrent au rivage. A toutes rames, ils se mirent à fuir ces parages périlleux, entraînant les parents et les amis éplorés des disparus :

— Dieu seul à présent peut les sauver !

A tout hasard, l'on avait laissé pendante la corde de Jean Davesne au milieu de la grotte mystérieuse ; et si les derniers marins restés sur la Roche-Brodée étaient retournés jusqu'à l'orifice, ils auraient vu qu'un poids mystérieux la tendait et la faisait osciller à grands coups dans le vide.

Un homme s'y hissait de toutes ses forces de ses poignets et de ses genoux.

V

LES PRISONNIERS

A bord du *Regina*, lorsque Staub y fut rentré avec Carl Brands, voici ce qui s'était passé.

— Capitaine, avait dit l'espion, vous vous

êtes vaillamment défendu tout à l'heure ; mais vous êtes mon prisonnier.

Daniel Conty ne pouvait reconnaître à cette canaille le droit de le traiter d'égal à égal, il ne répondit pas.

— Et nous sommes seuls, ajouta le traître avec un sourire bas et cruel ; vous êtes à ma discrétion... Il n'y a plus derrière nous que le *Sussex* qui n'ose s'engager dans ce chenal, mais qui nous aidera, s'il est nécessaire, à sortir de ce mauvais pas... Car je compte apprendre le maniement de votre appareil, mon cher capitaine. Peut-être serai-je plus heureux qu'avec l'*Aglarès*... Ne m'aiderez-vous pas dans mon apprentissage?

Pas de réponse.

— Je ne l'espère guère, car vous soupçonnez assez, Daniel Conty, quel usage je ferais de votre *Regina* !... Bah ! nous nous passerons de vous, sauf le cas de force majeure.

Il alla fermer minutieusement le capot.

Yves et Daniel, bras et jambes entravés, dans la chambre des machines, attendaient d'un air résigné et morne, sous la surveillance de Carl Brands.

— J'ai pris, dit le major en rentrant, possession de ce joujou, au nom de S. M. l'empereur. Je me ferai payer la prise, mais je voudrais encore m'en faire payer l'emploi... Vraiment, ne puis-je attendre de votre courtoisie un abrégé de la manière de s'en servir ?

Daniel Conty avait soudain recouvré son flegme, sa figure impassible et froide, ses yeux pesants. Il s'inclina comme s'il acquiesçait à cette plaisanterie grossière et cruelle.

— Il est juste, dit-il, puisque vous avez l'homme et l'engin, que vous en tiriez profit. Je vous donnerai quelques indications inoffensives.

Hans Staub tressaillit et brusquement dévisagea l'homme, comme s'il se moquait. Mais le capitaine Rex soutint ce regard et montra ses mains entravées :

— Donnant donnant. Desserrez seulement mes poignets.

— Carl, dit le major, la voix contenue, à la fois triomphante et anxieuse, Carl, délie-lui un bras, et arme ton revolver... Capitaine, je vous garde ici durant mon expérience, dans l'espoir qu'en cas de péril extrême, auquel ne pourrait remédier le *Sussex*, vous pareriez à tout événement : car si j'y restais, vous ne doutez pas que vous y resteriez avec moi.

— Je ne doute pas.

— Ni qu'à la moindre tentative d'attentat ou de fausse manœuvre, Carl est prêt à vous loger six balles dans la tête !

— Je vous sais capable de tout.

— Votre bras est libre, Monsieur.

Il approcha Daniel Conty des manettes, au gouvernail. Le capitaine Rex pressa un bouton.

Doucement la tourelle du *Regina* s'enfonça sous les flots. Le jour pâlit aux hublots, puis disparut. Les lampes s'allumèrent :

— Parfait, ricana Hans Staub, quoique je n'aie pas saisi votre dernier geste... Nous descendons, je crois ?

A nouveau, Daniel Conty salua, la physionomie imperturbable.

— Il ne s'agit plus, dit Staub, que de sortir à présent du chenal et de prendre la mer... Nous reviendrons au port plus tard.

Daniel allongea son bras, les lampes s'éteignirent, et le moteur ronfla ; mais le *Regina* d'un bond reculait :

— Rallumez ! Rallumez! ordonna le major qui avait saisi à bras le corps le capitaine. Rallumez, ou vous êtes mort !

Le moteur s'arrêta, l'appareil remonta à fleur d'eau, les lampes brillèrent à nouveau:

— Monsieur, dit Daniel Conty toujours calme, brisons là, je vous prie, et rattachez mon bras maintenant. Il me plaît de manœuvrer à mon gré, mais je n'ai pas d'ordre à recevoir à mon bord... Vous étiez tout à l'heure sur la plage de l'îlot, vous êtes maintenant à flot, dans la grotte de la Roche-Brodée. Je vous souhaite d'en sortir... La seule chose que je puisse vous accorder encore est de vous faire les honneurs du bâtiment.

Hans Staub était livide.

En vérité, qui le retirerait désormais de cette tombe s'il ne pouvait surprendre les secrets de la manœuvre ni les arracher au capitaine ? Le commandant du *Sussex* ne l'avait-il pas averti que pour rien au monde il ne hasarderait son navire dans la passe sous-marine, hérissée d'embûches peut-être ? Et comment s'était-il laissé surprendre à la ruse de cet immédiat recul auquel il n'avait pas même songé ! Daniel Conty était homme à ne céder devant aucune menace, et le major se sentit à sa merci.

Mais il voulut jouer beau jeu.

— Soit, dit-il, la rage au cœur. Faites-nous connaître les moindres recoins de notre tombeau, capitaine, si nous devons y rester tous.

— Ici, montra des yeux Daniel en face de lui, c'est la chambre des machines. Voici les générateurs électriques. Voilà...

Tandis que le major s'avançait, portant à demi le capitaine, derrière eux à nouveau la lumière fit défaut, et le sous-marin plongea. Yves Guilieu, redressé sous ses

liens, avait du coude fait jouer à son tour
les appareils.

— Rallumez ! essaya d'ordonner encore
l'espion.

Mais Daniel, la voix un peu plus sarcastique, riposta cette fois :

— Je n'y suis pour rien, et je vous ai
averti déjà que ce ton ne me plaisait pas.....
Inutile de menacer. Si je l'avais voulu,
vous seriez déjà au fond de la mer, et nous
y serions avec vous, mais du moins nous
aurions purgé le monde du pire des scé-
lérats, major Hans Staub. Ne touchez pas
à mon second !

L'autre à nouveau se tut, effrayé, puis
ricana. De sa poche il avait tiré une petite
lampe à main électrique. Il la fit jouer.
Une lueur falote flotta dans la chambre du
pilote ; mais c'était assez pour se guider
au milieu des ténèbres épaisses :

— A droite, reprit Daniel Conty, sont les
appareils générateurs d'air. Plus bas, la
soute aux torpilles : ne folâtrez pas trop
par là..... Là, en face, le projecteur. Pres-
sez l'anneau, devant vous, vous aurez le
plaisir d'illuminer toute la caverne du faisceau des trois couleurs de la France !

Hans Staub passa sans insister.

— A gauche, vous voyez les joujoux dont
je me suis servi avec la *Germania* et le
Queen Victoria. Le fonctionnement en est
assez simple, mais encore faut-il avoir le
doigté. Passez plutôt.

Il ajouta, avec une inflexion impercep-
tiblement railleuse :

— A présent, vous voilà au courant, et
vous avez quarante-huit heures environ
pour parachever vos études. Au bout de ce
temps, l'air étant devenu irrespirable, nous
aurons affaire à l'asphyxie.

Il n'avait rien dit de la *Reinette* ni du
passage facile qui menait du *Regina* au
canot submersible. Il s'était rappelé d'avoir
conseillé à Laura et à Jacques Frézal de
s'y réfugier. Qu'étaient-ils devenus, ceux-
là ? Lui avaient-ils obéi ?

Hans Staub examinait à présent les
manettes rangées au-dessus de la barre
et se disposait à en essayer l'usage. Le
capitaine l'avait dit : il n'y avait pas de
temps à perdre, et le major songeait déjà
depuis longtemps avec une fureur concentrée, désespérée :

— Ah ! que suis-je venu faire dans cette
galère ?

Il prit son carnet et, toujours métho-
dique, tailla son crayon, numérota d'une
lettre tous les boutons; il y en avait une
bonne vingtaine.

Sous le premier, il avait inscrit A.

— A, répéta-t-il sur son carnet.

— Tiens la lampe, dit-il à Carl Brands,
et éclaire-moi.

Il pressa sur le bouton, toutes les am-
poules électriques derechef s'illuminèrent.

Hans Staub salua à son tour le capitaine
et écrivit sur son papier :

— A, *lumière électrique*.

Il marqua la poignée suivante d'un B et
la tira. Le sous-marin, d'un jet, se mit
debout au milieu du bassin, la pointe en
l'air. Les quatre hommes roulèrent, renversés les uns sur les autres :

— Vous avez, expliqua Daniel Conty
quand le major eut péniblement repoussé
la manette et rétabli l'équilibre, vous avez
fait glisser à l'arrière les plombs de secours
que l'on détache tout à fait en cas d'accident des cloisons étanches, pour remettre
à flot l'appareil.

Hans Staub notait :

— B, *flottaison verticale*.

Il poursuivit. Le bouton C éteignait la
lumière.

Le levier D, il hésita à s'en servir. Ce
mécanisme l'inquiétait, et depuis sa mésaventure du bouton B, la prudence s'éveillait en lui.

— Allons, du courage ! railla derrière
lui la voix du capitaine Rex.

Hans Staub furieux pesa.

Une trombe d'air emplit la cabine voisine, en même temps qu'une voix triomphale s'engouffrait dans le porte-voix :

— *Vive la France !*

Hans Staub inscrivit :

— D, inutile.

Restait à ce premier rang une roue gra-
duée. Une flèche indiquait le sens de la
rotation. Avec mille précautions Hans
Staub tourna. Le moteur se mit en branle.
Les hélices battirent l'eau : et le major
eut une exclamation de joie, le *Regina*
partait en avant.

Presque tout de suite, il est vrai, l'éperon heurta le rebord circulaire du bassin,
et toute la coque sonna sous le choc en
frémissant :

— Avec un peu plus de vitesse ou un
peu plus d'élan, dit froidement Daniel
Conty, vous nous télescopiez contre la
pierre..... A ce jeu, mon pauvre sous-marin
n'en a pas pour longtemps !

Le traître ne répondit pas ; il prenait
cette indication :

— E, *marche directe*.

Encouragé, il passa aux manettes suivantes et peu à peu trouva le secret de la
marche en arrière, de la plongée, de la
remise à flot. C'était, en somme, un instrument merveilleusement docile que le
Regina ; et le major se sentit maître de

sa destinée. Il allait pouvoir sortir, évoluer en mer, retrouver le *Sussex*, prendre part peut-être contre la France à la grande bataille et retourner contre la Ligue latine la géniale invention de Daniel Conty.

— Seulement, dit-il à Carl Brands, je n'ai pas l'intention d'emmener ces deux messieurs dans notre expédition. Nous n'aurons pas trop de toute notre attention pour la manœuvre, et la surveillance de nos prisonniers nous distrairait. Débarquons-les ici. Nous aurons encore besoin d'eux, et voici une merveilleuse salle de police.

Ils montèrent Yves et Daniel sur la plateforme, établirent une passerelle pour les décharger à terre. Eux non plus n'avaient point songé à la *Reinette*, toujours collée au flanc du *Regina*.

VI

AU PORT

Daniel Conty ne parlait plus.

Certes, pour lui, c'était une amère douleur de se sentir vaincu, désarmé à l'heure décisive, dépouillé par un abject espion de l'instrument merveilleux de victoire qu'était le *Regina*. Il avait perdu l'enjeu de toute sa vie ; la France perdait son sauveur.

Il se rendait compte toutefois que Hans Staub, malgré ces premiers essais, était loin encore d'être le maître du sous-marin. La moindre imprudence en mer pouvait causer un accident. Les appareils générateurs d'air, d'un type spécial, devraient être remplacés une fois leur charge de produits épuisée. La machine magnéto-réactive, qui était l'arme la plus puissante du bord, ne livrerait pas d'ici longtemps son secret ; et le mécanisme lance-torpilles lui-même aurait besoin d'être démonté, étudié et rétabli pièce à pièce avant d'être utilisé sans danger.

Bref, la capture était précieuse à l'ennemi comme prise, à peu près vaine comme engin de revanche.

Le capitaine Rex, au surplus, gardait encore un secret espoir de salut.

Dans la pleine obscurité de la caverne, la lampe de Hans Staub saupoudrait à peine l'un des trottoirs du pourtour d'une cendre incertaine et grise. Ils avaient fermé derrière eux le capot du sous-marin, et les hublots ne répandaient eux-mêmes au dehors qu'un éclat sans lumière ; l'on eût dit les yeux étincelants d'un monstre marin.

Le long du gradin de roche étaient amarrés les colis les plus lourds et les moins fragiles. En prévision des hautes marées et d'une crue extraordinaire à l'intérieur de la grotte, des câbles retenaient ces marchandises à d'énormes anneaux de fer scellés dans la muraille. Hans Staub eut un gros rire brutal.

— Voilà notre affaire..... Capitaine, je regrette de vous mettre aux fers, mais je tiens à vous conserver !

Yves et Daniel furent solidement attachés.

Tout à coup, un cri d'effroi jaillit des lèvres de Carl Brands et du major. Le triple faisceau bleu, blanc, rouge s'allumait autour du *Regina* et illuminait la grotte de gerbes éblouissantes.

Le revolver au poing, les deux Allemands se précipitèrent sur la plate-forme, vers le capot.

Mais le *Regina* commençait d'enfoncer. Ils n'eurent que le temps de sauter à nouveau près de leurs prisonniers. Le drapeau tricolore s'étala sur la nappe calmée des eaux.

— Qu'est-ce que cela ? demanda Yves Guihen lui-même, surpris par l'incident.

Le capitaine lui répondit bas à l'oreille ; puis, tout haut, pour l'ennemi qui revenait, railleur :

— Monsieur, j'avais omis de vous prévenir que mon joujou automatique m'obéit encore à distance..... Rassurez-vous pourtant : nous ne sommes pas tout à fait abandonnés au port. Il y a des vivres ici. Nous y tiendrons un mois.

Hans Staub était le captif de sa propre ruse. Une torpeur de colère et d'effroi l'abattit à son tour. Carl Brands claquait des dents à ses côtés :

— Sortir !..... songeait-il en se pressant à deux mains les tempes, — sortir à présent de cette tombe ! Ce sont nos prisonniers qui nous tiennent..... Et qui donc, qui donc avons-nous pu laisser derrière nous dans ce bateau de malheur ?

Il entreprit une exploration minutieuse de la rotonde souterraine, espérant découvrir une issue, un passage qui le remonterait à l'air libre. Rien.

Il eut pourtant une exclamation de surprise et de joie. A la lueur de sa lampe, il venait de découvrir au fond d'une caisse un équipement de scaphandrier. C'était une suprême précaution de Daniel pour sortir de cette grotte au cas d'une avarie du sous-marin.

Le major se vit sauvé.

Carl Brands se sentait beaucoup moins heureux et eût souhaité mettre la main sur un second appareil : il n'y en avait qu'un !

Et comme le major s'apprêtait à le revêtir, l'eau du bassin à nouveau bouillonna, les projecteurs éclatèrent à la surface, et le *Regina* reparut.

Mais ses mouvements sans souplesse, sa manœuvre inconsciente et comme aveugle frappaient en même temps le major qui l'observait :

— Un novice comme moi, murmura-t-il..... Les deux peut-être qui nous échappèrent je ne sais comment à la Roche-Brodée..... N'importe ! Le mieux, je le vois, serait de nous débarrasser du *Regina*, du capitaine et de tous ces gens-là !.....

Brusquement, et sans réfléchir au danger qu'il courait, il saisit un obus parmi les projectiles et le lança à deux mains sur le sous-marin en se dissimulant lui-même derrière un rempart de caisses.

L'obus manqua la coque, s'enfonça sous l'eau, éclata en touchant le roc à trente pieds plus bas. Une détonation sourde, une trombe qui soulevait le *Regina*, quelques éclats sonnant contre la coque : ce fut tout. Mais la caverne en avait paru ébranlée. Le rempart du traître avait chancelé lui-même, prêt à l'écraser sous sa masse. Il était couvert d'embruns et de poudre de roche détachée de la voûte. Cette déflagration en vase clos eût été capable de faire sauter toute la Roche-Brodée si la proximité du chenal sous-marin n'avait offert une issue aux gaz détonants.

Hans Staub jugea périlleux de recommencer l'expérience.

Du reste, le sous-marin s'était enfoncé à nouveau et ne reparaissait plus.

— Carl, expliqua le major je vais sortir le premier. Le *Sussex* croise en face du chenal. Nous reviendrons te délivrer..... Tu as des armes, voici les provisions. Si le *Regina* reparaît et cherche à aborder, coule-le et casse la tête de ces deux-ci..... Je serai de retour dans une heure. A bientôt.

Il revêtit de lourdes enveloppes imperméables, assujettit sur sa tête l'appareil générateur d'oxygène qui lui permettait de respirer sans avoir de communication avec l'air libre, essaya le mécanisme propulseur qui, au moyen de deux hélices d'aluminium, l'une horizontale et l'autre verticale, le faisait plonger ou aller de l'avant, et sûr d'échapper, il serra la main à son complice en lui jurant une fois encore de revenir au plus vite.

En se penchant sur la cuvette redevenue sombre et noire, l'on apercevait une vague lueur tremblotant au plus profond. Ce devait être le reflet du jour, à l'extrémité du chenal sur lequel donnait en ce moment le soleil, au pied de la Roche-Brodée.

Hans Staub se laissa glisser sur les bords, et l'on n'entendit plus rien, rien !

Carl Brands, les yeux hagards, regardait la place où avait disparu son complice ; le pressentiment de son abandon le poignait ou celui d'une nouvelle entreprise de son impitoyable chef où sa vie ne compterait pas plus que celle des prisonniers...

Tout à coup, il eut un mouvement de joie. La grosse tête ronde du scaphandre reparaissait sur les flots. Hans Staub lui criait :

— N'aie pas peur, le passage est très facile, et le *Regina* ballotte au fond comme un poisson mort... Mais toute une flottille de pêcheurs accourt de la côte... Ne laisse pas reprendre vivants les prisonniers, et coule-les au fond pour te débarrasser des cadavres, s'il te faut leur casser la tête... Daniel Conty, Yves Guihen, à vous revoir en ce monde ou en l'autre. Je retrouverai Reine Aglarès.

VII

L'OMBRE BLANCHE

Lorsque le major eut à nouveau disparu, le capitaine Rex, pour la première fois, laissa se briser son masque de détresse :

— Reine Aglarès !... Ma mère !... La patrie qu'on égorge !... Ah ! sauvez-moi, mon Dieu !

Yves Guihen, dans son chagrin, nommait Jordic, et sa mère, et Laura :

— Yves, fit Daniel... Ecoute, il nous faut à tout prix gagner l'homme que voici !

Il montrait d'un geste de la tête Carl Brands à présent accablé par son isolement ; justement, au-dessus de la voûte, les premiers coups de pic retentissaient sur le rocher. Un sourire vint aux lèvres du capitaine, et il se mit à crier de toutes ses forces :

— Laura !... Laura !... Laura Davesne !

Déjà Carl Brands était sur eux, le revolver braqué contre leur poitrine :

— Tire, commanda froidement Daniel Conty. Seulement, sache-le, nos amis sont en bas, nos amis sont en haut. De tous côtés l'on accourt à notre délivrance, et si l'on te trouve seul ici, ton affaire est claire.

— Le major va revenir, dit Brands.

— Je ne crois pas, à moins que ce ne soit pour nous faire sauter tous... Et Jordic est là-haut, qui saura renseigner comme il faut la justice militaire sur les comparses du faux commandant Dumont. Vous connaissez la loi martiale sur l'espionnage, compère ?

Carl Brands, atterré, ne répondait plus.

— Laissez-moi donc appeler nos amis. Par le *Regina*, je puis du moins vous faire évader, et je vous donne ma parole d'honneur de vous rendre, une fois au dehors, la liberté.

— Le *Regina* ne remonte point, objecta l'Allemand. Le major l'a coulé.

Mais, juste à ce moment, le submersible émergeait pour la troisième fois, les fanaux resplendirent, lueur rouge qui empourpra la voûte, lueur blanche qui rit dans l'air joyeux, lueur bleue qui fit l'eau limpide et profonde.

La tour triangulaire se dressait ; mais le colossal poisson restait inerte dans la vasque. Un silence tragique emplit l'antre marine.

Alors une voix étouffée et sourde parvint aux oreilles attentives des prisonniers.

— Daniel Conty... Daniel Conty... Comment s'ouvre le capot ? Impossible de sortir!

C'était une voix de femme qui parlait, et le cœur d'Yves Guiheu battit.

Daniel Conty répondit de toute la force de ses poumons, une minute s'écoula, puis une autre voix, une voix d'homme, par le porte-voix de l'intérieur, clama :

— J'entends mal, ou un éclat d'obus a faussé le mécanisme de la tourelle... Comment faire ?

Le capitaine Rex répliqua :

— Dans la chambre des machines, en face du manomètre, la poignée de cuivre... Tirez, pour détacher la *Reinette*. Nous vous rejoindrons à bord.

Il y eut encore une minute, longue comme un siècle ; puis le sous-marin piqua, la pointe en avant, dans le gouffre. Le pilote inconnu s'était trompé de poignée.

— Les plombs d'avant !... dit Daniel... Réussiront-ils à rétablir l'équilibre ?

Le *Regina*, la quille en l'air, flottait désormais comme une épave.

C'est à ce moment que là-haut, sur la Roche-Brodée, se mit à pleurer la psalmodie liturgique :

— *De Profundis...*

— Il n'y a plus d'espoir qu'en ceux du dehors maintenant, dit le capitaine. Répondons-leur.

Ils se mirent à chanter à toute voix.

Carl Brands n'essayait plus de s'opposer à leur commun sauvetage.

Un remous s'était fait du reste autour du *Regin* qui reprenait son aplomb, et la *Reinette* accostait. Une forme blanche surgit du capot.

Carl Brands, épouvanté, s'enfuit en se cachant la tête dans ses mains.

C'était Laura !

Elle touchait aux prisonniers, elle rompait leurs liens. Yves Guiheu pressait ces chères mains retrouvées. La jeune fille s'évanouit entre ses bras. Toute sa force nerveuse l'abandonnait en une brusque détente.

Daniel Conty déjà avait sauté dans la *Reinette*, avait rejoint le bord, embrassé Jacques Frézal. Le canot s'ouvrit. Tous regagnèrent le sous-marin.

Le bâtiment n'avait pas trop souffert de ces expériences malhabiles.

Le capitaine Rex commença la manœuvre. Docile à la main qui avait l'habitude et la science du commandement, le sous-marin plongea.

Mais il reparut bientôt à la surface. Un mécanisme faussé empêchait la marche en avant. Au bout d'un long moment, il s'enfonça soudain de nouveau et ne reparut plus.

Cependant Car Brands, hébété, était resté dans la caverne. On l'abandonnait malgré la parole donnée.

— Baste ! avait songé Daniel, sauvons le *Regina* d'abord. Nous reviendrons par le rivage avertir nos braves de faire grâce, à cause de nous, à cette canaille, s'ils arrivent à percer la Roche-Brodée.

Le malheureux complice du major Hans Staub, dans les lourdes et menaçantes ténèbres qui emplissaient maintenant la grotte, n'osait faire un mouvement. Il s'appuyait à la muraille rocheuse pour ne pas tomber, et le contact froid et visqueux de la paroi couverte d'algues et de végétations marines le faisait frémir jusqu'aux moelles.

Soudain, son épouvante s'accrut encore.

Des coups sourds sonnèrent au-dessus de sa tête et retentirent bientôt de plus en plus distincts. Une chute de pierrailles crépita dans l'eau... puis un bloc s'écroula, au milieu d'un jaillissement de gouttelettes, dans l'abîme, tandis qu'un rais de lumière perçait l'obscurité de la redoutable caverne.

Carl Brands ne respirait plus.

Une corde apparut... Un homme descendit, appela...

L'Allemand, dans la crainte de tomber entre les mains des Français qui seraient impitoyables pour lui, n'osa révéler sa présence... L'inconnu remonta.

Il n'avait point disparu qu'une détonation formidable ébranlait la caverne tout entière.

Affolé, Carl Brands se jeta à terre, hurlant cette fois et appelant un impossible secours.

Que s'était-il passé ?

Le *Regina* — dont Daniel Conty avait réparé tant bien que mal les avaries — avait retrouvé sa souplesse. Il sortait lentement du chenal... Mais, à ce moment, le *Sussex*, qui rôdait aux environs, l'apercevait et lui lançait une double torpille.

Le sous-marin, soulevé par une trombe d'eau, roula sur le flanc, mais l'engin avait mal porté, et cependant que le bâtiment anglais filait au plus vite en arrière pour éviter le contre-coup, le vaillant bateau, intact cette fois encore, se redressait...

Là haut, les Bretons, comme un vol d'oiseaux effarés, s'enfuyaient, entraînant Mme Elise et Reine Aglarès...

Au bout d'un moment, Carl Brands, qui, le front sur la pierre, n'osait se relever, enfin se hasarda à lever la tête...

Ses yeux, dilatés de peur, s'effrayèrent de la clarté qui tombait de la voûte.

Mais — espoir inattendu ! — il aperçut la corde pendante, laissée par les gens de Bourg-de-Batz...

Le malheureux poussa un sourd cri de joie, et comme tout était préférable à son séjour dans l'antre de mort, il se jeta à la nage. La corde plongeait dans l'eau... il la saisit... il remonta !

...Cependant, dès que le *Regina*, après avoir échappé à l'explosion, eut repris son équilibre, Daniel Conty lança son navire à toute vitesse entre deux eaux pour échapper à de nouvelles embûches.

Et tandis que, Laura ayant repris ses sens, Jacques lui contait leur aventure, il ramassait toute sa réflexion et sa volonté. Le lieutenant et la jeune fille, sauvés par la *Reinette*, avaient entendu, en accostant le *Regina*, le bruit qu'y déchaînaient les vainqueurs autour d'Yves Guihcu surpris ; ils avaient résolu de se tenir cois, de guetter sans un mouvement l'heure propice pour intervenir ; et ils avaient enfin trouvé cette occasion favorable.

Mais ils n'étaient pas encore sauvés. L'ennemi se rappelait trop bien à leur attention par cette dernière attaque, à laquelle ils n'avaient échappé que par aventure. Daniel Conty décida de ne point triompher ouvertement de cette miraculeuse délivrance, de ne point arborer son drapeau dans la nuit tombante. Jacques et Laura suffiraient à aller rassurer tout à l'heure les siens. Inutile de signaler sa présence au *Sussex !* Un ennemi averti en vaut deux.

Sans éclat, sans bruit, le *Regina* allait fouiller tous ces parages et châtier d'abord cet adversaire invisible. Il s'en irait ensuite, à toute vitesse, vers la bataille qu'on entendait là-bas.

Mais le capitaine Rex, en même temps, voyait devant lui sur la mer fuir les barques de Bourg-de-Batz. A bord de la *Paludière*, il reconnaissait sa mère et Reine sanglotant enlacées. Il eût donné sa vie pour les rassurer tout de suite, leur dire qu'il était là, leur épargner une larme et l'angoisse d'une heure. Tout son cœur l'entraînait vers elles.

Yves et Laura regardaient aussi.

Mais le devoir était ailleurs. Au service de la France, encore une fois, il fallait sacrifier son cœur. C'était la lutte la plus rude que le capitaine Rex ait encore supportée en cette journée tragique. Il détourna la tête, une larme roula sur ses joues roidies.

Lentement le kiosque se renfonça dans les flots, et les vagues lui dérobèrent la vue du vol blanc des voiles et des visages aimés. Sa main quitta le gouvernail pour se coller à sa bouche en un baiser d'adieu ; et il dit :

— Ma mère !... Reine !... A bientôt ou à jamais ! Il faut aujourd'hui vaincre ou mourir.

Et le sous-marin se mit à faire le tour de l'îlot, explorant le large et la grève.

VIII

LA FIN DE CARL BRANDS

Le *Sussex* cependant n'était pas loin.

Il ne songeait même point à se dissimuler, car Hans Staub et le capitaine du navire anglais étaient convaincus que le *Regina*, éventré par la double torpille qu'il avait reçue, s'était abîmé au fond de la mer.

Le triomphe cette fois était définitif, et le capitaine Rex avait vécu !

Hans Staub se frottait les mains :

— Ci-gît à présent le *Regina*, disait-il. Mais j'aurais voulu anéantir jusqu'au repaire !... Voyez toutes ces barques qui s'envolent, comme une compagnie de perdreaux au premier coup de fusil, le long des bois... Il y a à l'intérieur toute une cargaison de projectiles : nous détruirions tout l'îlot en faisant éclater cette poudrière.

— Mais ce malheureux, votre compagnon...

— Carl Brands ?...

— Oui. Etes-vous sûr ?...

— Je vous l'ai dit : il est mort, tombé déjà sous les coups de nos ennemis.

Le mensonge ni les scrupules d'humanité, même à l'égard de ses complices, n'embarrassaient point Hans Staub. De peur que le commandant du *Sussex* ne reculât pour si peu de chose qu'une vie humaine, il lui avait conté tout un roman, d'où il ressortait qu'il avait pu s'échapper seul du *Regina* retombé au pouvoir du capitaine Rex, et qu'il était urgent d'en finir avec cet insaisissable adversaire.

On opéra un nouveau sondage de la passe. Quatre ou cinq torpilles furent entassées dans une fente des rochers, prêtes à éclater sous le choc de la dernière qu'on lancerait du bord. La caverne ne résisterait point à cette formidable machine infernale.

— Major, dit le commandant avec courtoisie, vous commanderez donc le feu, s'il vous plaît... J'ai à mettre au courant mon livre de bord, avant de reprendre notre route...

— Je veux bien... Mais faites, commandant, faites monter les hommes disponibles sur la passerelle. Je veux qu'ils jouissent du spectacle qui leur est préparé... Ils seront mes témoins dans le dernier acte de ce duel formidable que j'ai livré.

Les marins anglais apparurent.

Le major régla la manœuvre et dit :

— Vous voyez, matelots, cette île française. Dans soixante secondes, elle s'abîmera sous les flots !

Il salua d'un geste théâtral, comme acclamant sa propre gloire, et regarda sa montre.

Mais, juste à cette seconde, une silhouette sombre, bras écartés, apparaissait là-haut sous l'arche de la Roche-Brodée. C'était Carl Brands échappé du puits de l'abîme. Il avait reconnu le *Sussex* à fleur d'eau dans le chenal, et il descendait la rampe, en appelant d'une voix désespérée :

— Hans Staub ! Hans Staub !

— Trop tard ! gronda le major.

— Ah ! grâce, firent les marins autour de lui... Attendez-le.

— Un Français !... allons, donc ! ricana le traître.

Les Anglais, qui connaissaient mal Carl Brands, crurent à ce mensonge. Ils ne dirent plus mot.

Au même instant, de l'autre côté de l'île, le *Regina*, après avoir déposé Jacques Frézal et Laura sur la côte, se rapprochait, tous feux éteints.

Daniel Conty entendit Carl Brands dont les cris montaient désespérés dans la nuit.

— Il s'est échappé, pensa-t-il..... Je veux savoir comment..... Je lui ai promis la vie sauve, mais il ne faut pas du moins qu'il rejoigne son complice et paye ma générosité de nouvelles trahisons..... Aborde, Yves ! S'il nous résiste nous le tuerons comme un chien.....

Le *Regina* toucha le bord.

Mais déjà, sur la plate-forme du *Sussex*, le major Hans Staub s'était penché, les yeux durs, la voix sèche, sans un mouvement de remords, de pitié pour ce compagnon de ses aventures et de sa vie ; il avait crié :

— Feu !... Machine en arrière, toute !

Un sifflement fusa. Le sous-marin bondit vers le large. Au pied des rochers un jet de flammes et de fumée s'élança dans la nuit. Une autre détonation formidable fit écho à la seconde jusque dans les profondeurs de l'île. L'arche disloquée se balança dans le vide. Des blocs jaillissaient dans une gerbe de feu. Puis tout retomba comme une lave dans le cratère éteint du volcan. Il n'y avait plus qu'un gouffre au milieu d'écueils, à la place de l'immense rotonde rocheuse. La mer, un instant refoulée, se ruait furieuse vers cet abîme, engloutissant la fournaise.

Le *Sussex*, épouvanté de son œuvre, continuait de fuir, soulevé lui-même par le flot, mitraillé de débris. Et, dans l'incendie brutal du ciel, en pleine éruption, Hans Staub gardait la vision d'une silhouette noire, membres épars et cheveux hérissés, projetée jusqu'aux nues par sa traîtresse main.

Carl Brands était mort, et le *Regina* disparu ; à peine sauvé de l'emmurement de la tombe, l'ange de la mort le rattrapait et l'avait touché de son aile !

IX

LE RETOUR DE LAURA

Cependant la flottille de Bourg-de Batz était rentrée au port. La foule emplissait à nouveau les rues. Sous la maigre clarté des réverbères, un flot de têtes se pressait et coulait comme un ruisseau dans l'ombre. Des torches fumaient ici ou là au milieu des groupes. Peu de paroles. Un silence de catastrophe.

Puis un roulement de tambour, au milieu d'une place ; et la multitude s'arrêta soudain.

— Les dépêches !..... Les dépêches !.....

Un crieur parla au milieu de cette grande et lourde angoisse de tout un peuple :

8 h. 15. — Les flottes alliées opèrent leur mouvement de retraite sur Brest et sur la rade. Les forts font rage. Deux torpilleurs ont coulé au large. Le *Brennus* a dû s'échouer au port. Le cuirassé espagnol *Maria-Cristina* vient de sauter.

9 heures. — L'ennemi a repris contact, deux de ses croiseurs protégés ont heurté des mines sous-marines et brûlent. Mais les nôtres ont beaucoup souffert. Les ponts sont couverts de blessés. Le *Courbet* a deux tourelles démantelées. Un quartier de la ville est en flammes ; deux forts ont été réduits par les batteries saxonnes... Le *Charlemagne* et le *Vittorio-Emanuele* paraissent hors de combat. On craint que la première ligne de défense ne soit forcée.

La multitude eut un gémissement sourd, profond, inarticulé. La main de fer qui étreignait les cœurs resserrait son emprise.

Et la formidable déflagration de la Roche-Brodée, là-bas, au loin, fit soudain tressaillir, sursauter tous ces pauvres gens.

— Daniel ! dit Mme Élise.

— Ils sont morts, cette fois ! firent ceux qui l'entouraient.

Et M. le recteur, qui montait les marches de l'église, se retourna et joignit les mains :

— Dieu les sauve !..... Pour eux, bonnes gens, et pour vos fils, pour vos frères, pour vos époux, pour tous les marins de Bretagne qui combattent et qui meurent à cette heure, ah ! prions à genoux les saints de la France !

Toute cette foule était déjà prosternée dans la nuit, et la prière vint et revint, du porche à la rue, avec ce bruit de vague qui crie sur la grève et retombe parmi les flots :

— Seigneur, ayez pitié de nous !

— Christ, ayez pitié de nous !

— Sainte Marie... Saints anges... Pontifes et martyrs... O saintes Vierges... Tout le chœur des justes.

— Priez pour nous !

— Christ, par ta croix et ta passion, par ta gloire et ton triomphe.

— Écoute-nous !

— Pécheurs, nous t'en prions !

— Christ, délivre-nous.

L'invocation montait éplorée, plus suppliante à chaque appel. Et voici qu'à travers les ténèbres, répondant avec les marins à la litanie, mais debout et fendant la presse, deux ombres s'avançaient vers l'église, cherchaient Mme Élise, Reine Aglarès et le groupe de leurs amis.

Le vieux François Davesne sentit une main se poser sur son épaule et chancela sur ses genoux.

— Laura ! dit-il.

La fille du roi des airs reconnaissait en même temps le lieutenant Frézal :

— Mon fils ? interrogeait Mme Élise.

— Yves ? demandaient Marianne et Jordic.

— Chut ! firent les survenants en les tirant à l'écart..... Sauvés, encore une fois sauvés ! Mais il faut prier encore, car ils vont au combat. Et Dieu seul sait s'ils ont échappé à l'explosion de la Roche-Brodée !.....

Malgré leurs précautions, la nouvelle avait été entendue déjà des voisins, elle courait de bouche en bouche ; une rumeur discrète et moins funèbre se propageait avec mille propos contradictoires. Reine elle-même disait :

— Ah ! ma mère..... c'est à la mort qu'ils courent !... Et qui donc me donnera de les aider, de les sauver, de les venger ?

Elle n'avait pas fini de parler que soudain, au-dessus de la foule, un vent d'orage sembla remplir le ciel. Les tailles se courbèrent en un mouvement d'effroi, comme au passage d'un obus. Deux rayons de réflecteurs frappèrent le clocher, l'église, fouillèrent la fourmilière des rues. Un appel tomba du ciel.

— Reine, Reine Aglarès ! C'est moi !

— Mon père ! cria la jeune fille d'une voix qui remplit la place..... Voilà mon père ! C'est l'*Aglarès* enfin ! C'est la victoire !

— La victoire ! acclama la foule en se redressant..... Le général Aglarès !.....

La nacelle touchait les têtes :

— Tu es là, Jacques ? J'ai besoin d'un nide. Monte vite. L'heure presse..... Et toi aussi, Reine ! Tu es fille et fiancée de soldat, et c'est pour *lui* que je vais là-bas. Je sais tout ; vous me direz le reste là-haut..... Venez vite !

— Et nous, et nous ? réclamaient Mme Élise et Laura Davesne, cramponnées au bordage.

— Madame, dit le colonel, et toi, Laura, oui, j'ai pensé à vous aussi. Vous n'avez pas une minute à perdre ; voici, sur une feuille, ce que j'attends de vous. Courez prendre le train pour la *Reverdie* et les *Glaïeuls*..... Et à bientôt ! Chaque seconde a son prix de sang français !

— Et nous, et nous ? réclamaient cependant les Davesne, et les Guiheu, et la foule, soulevés par le même vent d'héroïsme.

— Vous..... priez encore ! Sur les coteaux et dans les plaines, dans les airs et au fond des flots, sur les vaisseaux et dans les forts, c'est la prière qui soutient et protège l'âme de la France !

L'aéroplane déjà à nouveau s'élevait. Le bruit du moteur ronfla et s'éteignit dans l'immensité noire. Et tandis que s'éloignaient en courant Laura et Mme Conty, la foule, derrière le recteur, s'engouffrait dans l'église, où le prêtre répétait :

— Pour l'*Aglarès* et le *Regina*, bons chrétiens, Français mes frères, prions encore !

Et le clocher se mit à chanter dans le ciel sombre.

QUATRIÈME PARTIE

LA REVANCHE DES HÉROS

I

L'AGONIE DU « RÉGINA »

Au matin clair, la flotte des États confédérés du Nord commençait de resserrer son blocus de fer et de feu et de livrer à la rade de Brest l'assaut définitif. Les trois escadres italienne, espagnole et française avaient dû céder devant la supériorité du nombre. Les forts eux-mêmes s'éteignaient un à un.

Sûrs de ne plus se heurter au mystérieux protagoniste de la précédente bataille, les vaisseaux ennemis se ruaient au combat.

Tout à coup, les phénomènes redoutables que l'agresseur avait appris à connaître se reproduisirent. Le nouveau navire amiral, le *Wilhem IV*, venait d'être torpillé. L'équilibre du monstre s'était rompu au-dessus des flots, et il s'engouffrait dans un tournoiement d'eau et de vapeurs.

Le *Regina* était de retour.

Toutefois, le sous-marin avait perdu sa souplesse et sa docilité. Il obéissait encore, mais avec peine, à la main qui le commandait. Son merveilleux appareil d'attraction magnétique était faussé.

Soudain sa tourelle triangulaire émergea des flots, et le submersible refusa de plonger à nouveau, il avait perdu ses plombs. Une grêle d'obus commença de pleuvoir autour de lui ; l'ennemi s'était aperçu de sa détresse. Mais le *Regina* fit tête et, courant de l'un à l'autre à la surface, continua de lancer ses engins avec une rapidité prodigieuse. Le cercle qui cherchait à le cerner se clairsema. Mais tout a une fin, même l'héroïsme. Dans cette lutte acharnée, un paquet d'obus troua enfin la coque du sous-marin qui s'enfonça et disparut aux regards des poursuivants.

Il ne gouvernait plus. Hélices brisées, gouvernail faussé, son éperon lance-torpilles hors d'usage, il flotta désarmé, en suspens dans l'océan, sans espoir de prendre part désormais au combat.

— Yves, dit Daniel Conty, voici l'heure du suprême sacrifice ! Es-tu prêt ?

— Je le suis.

Ils disposèrent leurs dernières cloisons étanches, lâchèrent les derniers lests, et le *Regina* remonta, une dernière fois, la quille en l'air, retourné, béant, épave morte, évidemment inoffensive.

Un hurrah formidable de l'ennemi salua sa réapparition et sa défaite. Le feu cessa à bord des vaisseaux vainqueurs, et tous à la fois se rapprochèrent pour voir de plus près leur victime. Le rang anglo-saxon se pressa plus qu'il ne l'eût voulu autour de la pauvre coque criblée de projectiles. Puis le *Regina* eut une convulsion suprême ; son porte-voix, une dernière fois, rugit :

— Vive la France ! Vive la F... !

Et il explosa entre la muraille d'acier qui l'encerclait de toutes parts ! D'un seul coup ses réserves de projectiles éclatèrent, écrasant de leurs débris tous les ennemis. Le cuirassé *Glocester* qui s'apprêtait à le remorquer sauta ; les bâtiments plus petits choqués les uns contre les autres disparurent un instant sous une trombe colossale d'eau et d'éclats d'obus. Une panique effroyable acheva de les disperser. A un mille plus loin, la *Reinette* remontait à fleur d'eau après avoir provoqué à l'instant propice cette formidable explosion.

— Nous l'avons échappé belle, disait Daniel Conty... Mais il est mort, Yves, notre pauvre *Regina*, mort au champ d'honneur en luttant jusqu'au bout ! Puisse-t-il avoir enrayé du moins notre déroute... Mets la barre sur la rade et accoste le *Courbet*. Nous y reprendrons notre poste de soldats !

Ils remontaient afin de juger de l'effet de leur dernier exploit ; ils virent qu'il n'avait point été inutile, et voici qu'Yves Guiheu, en relevant les yeux, poussa une autre exclamation de joie ! Là-haut, au-dessus de la ligne ennemie déjà décimée et fléchissante, un grand oiseau planait :

— L'aéroplane ! Le général Aglarès !

Du ballon jaillissaient des éclairs. Hors de portée pour les canons de la flotte, il criblait en tournoyant ses meilleures unités de projectiles incendiaires. Un vent de défaite passa sur les escadres ; elles se rompirent ! En quelques minutes, la déroute tournait à l'écrasement. Et l'escadre latine, se précipitant hors du port, se rua à son tour au combat pour achever les vaincus.

Le *Courbet* passa à toute vapeur près de la *Reinette*, sans l'apercevoir.

Mais l'*Aglarès*, ayant achevé son œuvre, revenait à tire-d'aile, descendait jusqu'à la mer, cherchait manifestement à sonder la place où le *Regina* avait disparu. Il aperçut enfin les signaux de Daniel Conty.

— Bravo ! criait du plus loin qu'il put le capitaine Rex. Général, la victoire est à vous !

— Elle est à vous, répondait Dominique Aglarès. A vous, qui seul avez empêché que nos flottes fussent écrasées déjà à cette heure ; à vous, à qui la France doit et le *Regina* et l'*Aglarès* !

Et comme, en un dialogue héroïque, du canot à la nacelle, des flots à l'espace, ils se renvoyaient l'un à l'autre cette gloire :

— Qu'importe, dit enfin Daniel. La victoire est à la France !

Reine, qui avait pleuré, lui sourit pour ce mot-là. Elle avait fait son devoir en soldat du haut des airs et servi d'aide à son père, tandis que Jacques Frézal faisait l'office d'artificier.

Dominique Aglarès continua :

— Et je veux que vous mettiez vous-même le sceau à votre triomphe, je veux que vous ayez mené le dernier combat. Capitaine, montez à mon bord ! Le lieutenant rejoindra la *Reinette* à votre place. Je lui ai confié une autre mission..... Soyez à l'honneur, ayant été à la peine !

Et comme le capitaine hésitait encore, craignant de coûter à son camarade un renoncement et un sacrifice :

— Quoi ! dit Jacques, refuseras-tu de mettre le pied à bord, pour la première fois que le général t'y convie et..... que Reine t'attend !

Il se laissa glisser jusqu'à la barque, embrassa Daniel, qui fut bientôt près de sa fiancée.

La *Reinette* reprit sa course vers la côte.

— N'oublie rien, Jacques, recommandait encore le général.

L'*Aglarès* alors remonta d'un bond dans le ciel et se mit à la poursuite des escadres en fuite, anéantissant leurs dernières espérances.

II

A LA PISTE

Jacques Frézal et Yves Guiheu avaient abordé la côte, en un endroit désert, entre les rochers; et ils allaient débarquer, quand un bruit de voix frappa leurs oreilles.

De l'autre côté du récif, le sous-marin *Sussex* s'échouait doucement, et deux hommes causaient sur la passerelle.

Jacques reconnut la voix de Hans Staub.

— Ah ! disait l'Anglais, la journée est mauvaise pour nous ! Nous sommes vaincus !

— Ces Français ont toutes les chances !

— Ils ont tout le génie, dit l'officier dans un éclat de colère contre son interlocuteur. Le génie qui tôt ou tard échappe aux basses perfidies. L'aigle se moque à présent de la dent du serpent et de son venin..... En vérité, major Hans Staub, je regrette pour ma part de n'être pas tombé en loyal adversaire, dans le combat, plutôt que d'avoir été mis au service de vos honteuses manœuvres, qui toujours échouent..... Et je vous en avertis, j'ai prévenu mon état-major. Il s'est trompé sur votre valeur même de limier, ou Dieu véritablement se plaît à déjouer vos lâches embûches, qui déshonoreront jusqu'à nos échecs !

Le Prussien ricanait :

— Dieu !..... Le hasard seul m'a trompé..... Mais je me justifierai près de mes chefs. Monsieur, et tout ceci ne vous regarde pas. Il me reste sur terre un dernier va-tout : laissez-moi le jouer avant de me juger. Il paraît que là-bas aussi la grande bataille a commencé. L'armée italo-espagnole cherche à se dégager sur Meaux. L'armée française du Nord s'est heurtée aux troupes russes, au sud de Beauvais, au nord du plateau de Thelle. Paris est investi, et l'armée de défense prend position derrière Versailles..... L'aéroplane Aglarès ne peut rester éternellement dans les airs. Il faut qu'il se ravitaille. Où va-t-il se réapprovisionner ? Je ne pense pas qu'il songe à Paris, les communications sont coupées. Comment aurait-il prévenu ? Je ne serais pas étonné qu'il songe à sa maison de campagne, à Viroflay. L'instinct doit le ramener là, comme le dogue à sa niche. Il faut que j'obtienne une compagnie pour détruire son magasin et le surprendre lui-même, s'il se peut. C'est notre dernière chance, car, s'il m'échappe, nous sommes perdus..... Si je l'atteins, je répare au contraire tous nos malheurs. Et l'Allemagne, et votre pays, Monsieur, me devront la victoire. Ils jugeront alors qui de nous deux l'aura mieux servi !

Jacques Frézal murmurait tout bas à l'oreille d'Yves Guiheu :

— Le traître nous a devinés, et son flair d'espion ne se dément pas. Déjà le général a envoyé là-bas Mme Élise et Laura Davesne ; nous devons les y rejoindre..... Va, nous les défendrons bien..... Mais si nous pouvions l'arrêter tout de suite d'une bonne balle et le tuer comme un chien, je ne m'en ferais pas scrupule.

Par malheur, ne pouvant serrer le bord à cet endroit, le *Sussex* fila tout à coup plus loin ; et il fallut partir chacun de son côté.

C'était maintenant à qui arriverait le premier.

Et ce fut Hans Staub qui précéda les deux Français à Viroflay !

Le village, presque abandonné dans la zone probable du prochain combat, était occupé tantôt par les avant-postes français, tantôt par les grand'gardes allemandes. Mme Élise et Laura avaient profité d'un mouvement en avant de nos troupes pour rentrer aux *Glaïeuls* avec une provision de gaz d'éther, qu'elles s'empressèrent de cacher, selon les instructions du général.

Elles s'installèrent ensuite ainsi que deux

paisibles femmes, attendant d'être relevées de ce poste périlleux : véritable mère et fiancée de soldats !

Cependant les chefs immédiats de Hans Staub n'avaient pas les scrupules du commandant anglais ; et ils ne voulurent point laisser échapper cette dernière chance de revanche, à laquelle ils sentaient attachées la fortune de l'espion et la leur. Ils lui confièrent le soin d'une suprême expédition.

Jacques Frézal, au contraire, rencontrait dans le camp français des difficultés ! L'on s'y souciait peu de donner le commandement de troupes d'infanterie à un officier de marine blessé et à un quartier-maître échappé de son bord. Sans doute, la question du ravitaillement était vitale pour l'*Aglarès* ; mais le général ignorait, en désignant ce point de repère, qu'il était déjà au pouvoir de l'ennemi. Nos généraux ne voulaient pas prendre contact, à cet endroit mal défendu, avec les forces contraires. Jacques Frézal dut faire appel aux ministres et à l'influence du nom de Daniel Conty sur les bureaux de la marine.

Quand il eut reçu sa commission il était tard.

Hans Staub avec sa troupe avait définitivement envahi Viroflay ; il occupait les *Glaïeuls*.

Mme Elise et Laura étaient ses prisonnières, et le misérable attendait son autre proie.

Il avait en vain cherché à mettre la main sur l'approvisionnement d'éther, dont il espérait faire bon usage s'il parvenait à s'emparer du nouvel *Aglarès* ; et, dans sa colère, il avait failli faire massacrer déjà ses captives. Mais, toute réflexion faite, il les gardait comme otages.

Seulement les nouvelles sinistres se multipliaient dans le camp allemand. L'*Aglarès* s'était à nouveau muni et renfloué, sans doute à la maison Servez, car il avait passé au-dessus de Paris, salué par l'immense acclamation de la capitale comme une assurance de salut. A l'aile droite et à l'aile gauche de l'armée confédérée, son œuvre était faite. Il avait détruit les dirigeables ennemis, fait sauter les parcs d'artillerie, anéanti, détruit les ouvrages avancés de défense. Sans combat, l'alliance protestante était vaincue ! Les Anglais, les Russes, sans munitions, sans artillerie, fuyaient, abandonnant leurs alliés, laissant l'armée allemande enveloppée, bientôt prisonnière.

Il s'agissait de rompre ce cercle de fer, de se dégager, de porter tout de suite, avant l'arrivée du formidable appareil, un coup terrible.

L'ordre fut donné aux lignes prussiennes de se porter en avant sur-le-champ.

Hans Staub lui-même devait évacuer Viroflay et reprendre son rang dans le corps d'armée en marche, pour ce suprême effort.

Il était vaincu. Une rage folle gronda dans sa poitrine. Il voulut du moins se venger.

Mme Elise Conty et Laura Davesne comparurent devant une sorte de Conseil martial improvisé par le traître. En quelques minutes, elles étaient accusées et convaincues de détention secrète d'armes et d'engins, condamnées à mort par ces brutes.

— Qu'on fusille ces espionnes, et qu'on mette le feu à la villa ! rugit le monstre.

Les deux femmes furent adossées au mur.

Elles ne voulurent point qu'on leur bandât les yeux ; Laura, certes, tremblait de tous ses membres, mais entre les bras de Mme Elise elle se résignait à mourir :

— Pour eux... pour la patrie... je vous offre ma vie, mon Dieu !

Le piquet d'exécution s'organisait.

Pour assister à ce beau spectacle de soudards assassinant des femmes, les Prussiens s'étaient massés dans la cour des *Glaïeuls*. En prévision du départ, les sentinelles elles-mêmes s'étaient repliées.

Hans Staub levait son sabre pour commander le feu...

Mais l'arme soudain se brisa dans sa main ; une grêle de balles jeta à terre le peloton meurtrier.

Jacques Frézal faisait irruption dans la cour, à la tête d'une colonne mobile : et ces premiers coups de feu éveillaient tout à coup, sur tout le front de la bataille, une fusillade générale, qui crépita, s'enfla, soutenue par les coups sourds de l'artillerie.

Laura et Mme Elise étaient délivrées !

Mais des renforts arrivaient de toutes parts aux Prussiens refoulés d'abord. Hans Staub semblait une bête aux abois et faisait tête avec fureur. Au premier rang, il dirigeait du côté de Jacques Frézal tout l'effort de l'attaque.

— Canaille ! hurlait l'ignoble traître ; tant pis, c'est toi qui payeras pour tous !

Le revolver du lieutenant était vide ; il n'avait plus que son épée, et tandis qu'intrépidement il croisait de la main gauche ce fer hésitant, l'autre bras toujours en écharpe, Hans Staub, non content d'écarter sa lame d'un revers et de lui transpercer la poitrine, déchargeait à bout portant deux balles sur le malheureux déjà renversé :

— Tu n'auras pas vu la victoire, lieutenant Frézal, ricana le vainqueur, et tu ne la raconteras point à tes noces !

— J'en aurai salué l'espérance, répondit Jacques en levant les yeux, et ceux que j'aime sauront que j'ai fait jusqu'au bout mon devoir de loyal soldat !

En effet, les compagnons du traître reculaient déjà de toutes parts, éperdus, poursuivis par une grêle de projectiles, car, là-haut dans le ciel, l'*Aglarès* accourait au secours des *Glaïeuls*. Terrible et vengeur, il fondait sur l'espion s'acharnant à son misérable triomphe. Daniel Conty avait sauté à terre et terrassait le Juif d'un seul effort.

Hans Staub, ligoté, fut jeté dans la nacelle ; il était prisonnier !

Raidi sous ses liens, il voyait impassible et effrayant devant lui le général Aglarès, immobile et silencieux à la barre.

Daniel Conty appelait Yves Guilhou, sa mère, Laura Davesne ; il leur confiait Jacques Frézal.

Tous, penchés sur le blessé, se retrouvaient avec des larmes ; Jacques rouvrit un instant les yeux :

— Tu souffres ? lui demandait son ami.

— Je suis heureux, répondit Frézal avec un sourire. J'ai vu la France victorieuse, et le *Regina* vainqueur et l'*Aglarès* maître du monde... Tu seras heureux, Daniel, Dieu a exaucé tous mes vœux !

Il perdit connaissance.

Et comme la bataille grondait tout autour d'eux, l'aéroplane reprit son vol !

III

PLEIN CIEL

Au-dessus des bataillons ennemis, quelques dirigeables flottaient encore en observation ; mais quand ils virent s'élever l'*Aglarès*, tous se précipitèrent à sa rencontre, sûrs de périr s'ils ne prenaient les premiers l'offensive. Vain effort ! L'aéroplane les avait déjà dépassés, avait percé les nues jusqu'aux profondeurs. Il les dominait, il les accabla ! En quelques minutes, il fut le seul, il resta le vainqueur ! Le ciel de France était nettoyé !

Puis il commença sa ronde d'extermination. Les fourgons, les caissons, les poudrières provisoires, il faisait partout éclater dans la main de l'ennemi ses propres armes. En vain les canons essayaient de tonner contre lui. Il leur échappait là-haut, si haut, au-dessus des obus et des balles !

Et les batteries latines, resserrant leur cercle de fer, entraient l'une après l'autre en danse contre ce troupeau désarmé. L'ennemi ne pouvait échapper désormais à un désastre inouï, à une extermination sans précédent dans l'histoire du monde, et notre état-major fut le premier à faire cesser le feu, à proposer d'éviter cette barbarie, au prix de la capitulation.

Les vieux généraux prussiens en pleuraient de rage et de honte ; mais il fallait céder. Wilhelm IV rendit son épée ! Déjà le tsar était prisonnier à Meaux. Les préliminaires d'un traité furent signés. Paris vit entrer et passer, captifs, sous l'Arc de Triomphe de l'Etoile, les triomphateurs de l'autre siècle, de 1871.

Et, comme l'aigle de la victoire, l'*Aglarès* planait au-dessus de la place de la Concorde, surveillant encore l'horizon. Par ses armes et par sa valeur, il avait assuré au monde la paix et la liberté des nations catholiques, brisé l'abominable joug du Nord, à qui la grande et généreuse France ne voulait imposer, comme rançon de sa défaite, ni les horreurs d'une invasion ni la contribution de quelques milliards pour payer sa gloire, mais le respect de ses frontières, la reconnaissance de ses meilleurs droits et la crainte salutaire de son génie.

Reine Aglarès servait toujours son père ; les mains un peu noires, les cheveux au vent, mais toute l'âme vibrante d'héroïsme. Un jeu, une distraction de sa jeunesse, au temps des premiers essais et des excursions pacifiques, était ainsi devenu pour elle une aventure d'épopée ; et son père n'eût trouvé nulle part un confident mieux entraîné ni plus sûr pour cette partie suprême !

— Je demanderai pour toi le grade de capitaine ! disait-il avec orgueil, et l'histoire saura ton nom. Elle dira que la race héroïque des Jeanne d'Arc et des Jeanne Hachette ne s'est point éteinte parmi les filles de France, et qu'elles savent servir encore aux remparts !

— Oui, dit Reine. Mais j'aimerais à retrouver aussi mes fuseaux et je saurai vous filer au foyer une vie plus douce... Je suis à bout, mon père !

— Nous allons redescendre, dit le général. Mais auparavant, capitaine Conty, nous avons à régler une autre affaire... celle de cet espion. N'avons-nous pas le droit d'en faire justice ?

Hans Staub frissonna au fond de la nacelle.

— La vengeance, dit Reine, malgré son horreur, n'appartient qu'à Dieu, et il y a la justice militaire.

— Sans doute, dit Daniel Conty ; mais telle n'était point ma pensée en m'emparant de celui-ci. Je connais la noble France, ses scrupules, la frayeur qu'elle aura de paraître achever un vaincu. Déjà sans doute un armistice est conclu. Il faudra accuser, prouver au long ; et qui sait ? Qu'importera à la grande victorieuse ce reptile immonde qui chercha à la mordre au talon ? Elle le repoussera du pied, sans autre châtiment que son dégoût ! Mais moi, j'ai à venger le *Regina*, et Jacques, et le premier *Aglarès* !

Cet homme a coûté la vie à des milliers d'hommes. Il a trahi mille fois. Ce n'est qu'un transfuge de bas étage, et il nous appartient... Je veux liquider le passé et mettre en sûreté mon avenir ! J'écraserai cette tête de vipère !

— Vous avez raison, dit le général Dominique Aglarès toujours calme. Morte la bête, mort le venin, et je prends la responsabilité de cette exécution devant les juges eux-mêmes et devant l'histoire.

— Vous m'assassinerez donc ! gémit Hans Staub, en se raccrochant à la délicatesse même de ces hommes qu'il avait tant trahis.

— On n'assassine pas un assassin, reprit froidement le général. On en fait justice.

— Le faux commandant Dumont me doit jusqu'à sa vie, dit Daniel.

Mais le bouillonnement de leur indignation, depuis la dernière rencontre, tombait au moment de l'exécution. Ils ne pouvaient de sang-froid frapper ce malfaiteur abject, mais désarmé. Reine elle-même disait, à présent, dans une révolte des nerfs, à l'évocation de l'affreux spectacle :

— Non, non, vous ne ferez pas cela. Ne le tuez pas ! Grâce !

— Grâce ! s'écria Daniel Conty. Non, pas de grâce ! A-t-il eu pitié de vous, Reine, et vous a-t-il lâchée de lui-même lorsqu'il vous tenait ?..... Nous le livrerons, en réclamant sa mort ; et s'il veut vivre jusque-là, au moins, que la bête plie son échine et demande pardon de tant de flagrantes infamies !

Hans Staub avait perdu toute fierté :

— Pardon ! râla-t-il sous ses chaines.

— A celle-ci, que ton amour insulta comme une bave ; sur laquelle, aux *Glaïeuls*, à la Roche-Brodée, sur la *Reine des Mers*, tu as osé porter tes mains ; que tu as torturée dans son cœur et dans sa noble fierté ! Hans Staub, vil ravisseur, demande pardon ! reprit Daniel Conty, soulevé par ses rancœurs.

— Pardon !

— Au général, que depuis si longtemps tu trahis et tu vends ; que tu as chassé du parc des Coteaux ; dont tu voulus anéantir le chef-d'œuvre, consommer la ruine, pardon, pardon encore, espion et traître !

— Pardon ! oui, pardon !

— A l'ombre de mon père, que tu as trompé, engagé dans une voie mauvaise contre le désir sincère de son cœur ; pour la faute de sa vie et les remords de sa dernière heure, demande pardon, menteur et larron, au mort comme aux vivants !

— Pardon ! Pardon !

— Et à moi, pour la *Reverdie* brûlée, pour l'automobile écrasée, pour toutes les douleurs de mon pauvre Jacques, de ma mère, de tous les braves gens de là-bas ; pour Pimbrez en flammes, pour la Roche-Brodée qui saute, pour mon *Regina* blessé à mort, ne me demanderas-tu rien, hôte qui mords la main qu'on t'a tendue ?

— Pardon !

La voix de Daniel Conty s'était exaltée au fur et à mesure de son évocation, et, tout à coup, soulevant le misérable debout au bord de la nacelle, d'un geste, il lui montrait à leurs pieds la belle et douce terre de la patrie.

— Et la France ? dit le capitaine Rex transfiguré d'enthousiasme. A la France, la noble terre que tu as trahie, vendue dans un long baiser ; au pays glorieux qui t'accueillit et dont tu as voulu percer le sein hospitalier ; à l'armée qui t'avait fait place en ses rangs, et dont tu as répandu le sang sur le sol nourricier ; au ciel que tu voulais usurper, grâce à nos propres armes ; à nos héros, à cette page de notre histoire qui souillera ton nom, à tous ceux que tu as trompés, Hans Staub, demande pardon encore !

Mais Hans Staub cette fois grinçait des dents. Toute sa fureur se rallumait. Il se ramassait peu à peu sur lui-même, dans ses liens, ainsi qu'une bête prête à bondir, et comme Daniel Conty, debout en face de lui, le dos au bordage, exigeait de lui cette dernière demande de pardon :

— Non, non, non, rugit le Juif aux abois.

Et, tête baissée, il se précipitait sur le capitaine, afin de le culbuter par-dessus bord. Mais le jeune homme évita son élan ; et ce fut lui, le traître, qui disparut avec un cri atroce dans l'incommensurable abîme !.....

Reine s'était voilé les yeux d'horreur.

Mais le général Dominique Aglarès se signa et dit :

— Justice est faite. Dieu a puni. C'est bien !

Et l'*Aglarès* se laissa retomber, les ailes hautes.

..... Dans les Champs-Élysées, nos meilleures troupes étaient rangées. Le général ministre de la Guerre, le général Prado da Norma, commandant des forces espagnoles, le général Salviati, généralissime italien, entourés de leur état-major, guettaient depuis longtemps déjà la descente de l'aéroplane. Une clameur de fanfares et de cris de triomphe répondit à sa manœuvre.

Les officiers le saluaient de l'épée !

Et quand, derrière le général, Reine Aglarès sortit de la nacelle avec le capitaine, l'acclamation redoubla et sembla du délire.

Les plus illustres décorations brillèrent bientôt sur la poitrine de ces héros ; Jacques Frézal et Yves Guiheu auraient aussi leur croix ; et, en donnant au général l'accolade, le ministre, simplement, les yeux pleins de larmes, disait :

— Général, je vous embrasse, et c'est au nom de toute la France !

On eût dit que la taille de Dominique Aglarès grandissait encore sous ce baiser de la patrie, et, devant cette grande assistance, en spectacle au monde, il se tourna vers le capitaine :

— Mon fils, lui dit-il, vous ne voulez point qu'on vous attribue le mérite de toute cette victoire..... Mais cette grande lutte est finie. Le délai que m'avait demandé Madame votre mère expire. Est-ce moi qui dois vous solliciter à présent de vouloir bien unir les noms d'Aglarès et de Conty ?

Reine et Daniel se prirent la main : il n'y eut jamais au monde de plus solennelles fiançailles, et la gloire des plus grands rois n'entoure pas de plus d'éclat leurs belles amours ! Le roi de la mer épousait enfin la fille du roi des airs, enivrés tous trois du bonheur d'avoir été au même titre les humbles serviteurs de la patrie !..

IV

ÉPILOGUE

Lorsque l'*Aglarès* rentra aux *Glaïeuls*, Jacques Frézal venait d'expirer doucement, chrétiennement, vraiment joyeux de tout ce triomphe, qu'avait sans doute contribué à mériter son sacrifice :

— Ah ! disait-il en fermant ses paupières à Mme Elise, oui, vraiment l'on meurt de bon cœur lorsque le prix de sa vie est si royalement payé. Je m'endors dans un rêve d'allégresse, et, derrière, j'entends, je vois encore quelque chose de plus beau qui m'attend et qui s'ouvre..... Adieu..... Embrassez pour moi Daniel et Reine !.....

..... Aussitôt après le deuil, Daniel Conty voulut emmener à la *Reverdie*, selon sa promesse ancienne, le général et sa fiancée, et Laura, et Yves tout fier de sa croix, dans la chambre funèbre d'Edme Conty ; et tous y prièrent pour le repos de cette âme pardonnée.

Et, quelques mois plus tard, c'est fête à Bourg-de-Batz. Jordic a sorti sa vieille veste, celle qu'il étrenna le jour de ses noces ; Marianne trottine autour de lui, endimanchée. François, Anna, Jean Davesne et les moussaillons sont aussi dans leurs plus beaux atours.

L'on devine qui sont les épousées ? Jamais Reine ni Laura n'ont paru si jolies.

Les violoneux font rage devant elles.

Le vice-amiral Daniel Conty, commandant en chef de nos flottes sous-marines, vient, l'épée au côté, au bras de sa mère qui pleure des larmes d'orgueil et de joie.

Yves Guiheu n'a pas moins bon air.

Ce n'est qu'une noce de campagne ; mais dans le cortège sont les plus grands noms de France, et il semble que suivent tous les marins de la côte.

Le bon recteur tremble de tous ses membres en lisant au marié le compliment d'usage ; il tremble à cause des ministres et des généraux, à cause des grands mots de maîtrise des airs et de la mer qu'il ne pouvait manquer de remuer dans son discours ; mais il félicite surtout ces vaillants d'avoir assuré le triomphe du véritable Maître :

— C'est par vous aujourd'hui que le Christ est vainqueur, qu'il règne et qu'il commande : et vous avez fondé, par là, la noblesse immortelle de la famille qu'il unit en vous !

Après la messe, l'on descend vers Pimbrez.

Pimbrez rebâtie rit au soleil nouveau.

Sur le seuil, Daniel Conty s'arrête, et s'avançant vers Laura :

— Madame, dit-il, vous voici chez vous : car désormais Pimbrez est à vous. François Davesne et Jordic ont autour de vous leur maison..... Quant à nous, nous n'habiterons pas loin, voyez !.....

En face de Pimbrez, en effet, sur un autre promontoire, une seconde villa a été bâtie, juste en face de la Roche-Brodée.

Et Daniel, entraînant jusque-là sa jeune femme :

— Vous en serez, lui dit-il, entre votre père et ma mère, le sourire aimant ; et ce n'est pas seulement un souvenir qui lui a donné son baptême, c'est l'espoir de tendresse de toute ma vie..... Entrons à la *Reine des Mers*.

FIN

1200-11. — Imprimerie P. FERON-VRAU, 3 et 5, rue Bayard, Paris, VIIIᵉ

www.ingramcontent.com/pod-product-compliance
Ingram Content Group UK Ltd.
Pitfield, Milton Keynes, MK11 3LW, UK
UKHW022132070726
13613UKWH00003B/1327